上海

台媽台姐部落格

www.TMTSBLOG.com
www.taimaciub.com

晴易
文坊

你看到的故事，是我的人生！

✎ 樓蘭

　　我在上海遇到很多位臺媽，都是因爲丈夫的關係，辭去自己的工作、放棄自己的事業，陪着孩子一起移居上海，爲的就是要有一個完整的家！

　　對一個有事業心的女人來說，放棄在臺灣多年的努力，「嫁鷄隨鷄」的跟到上海生活，從一個職業婦女變成家庭主婦，從忙碌的社會到簡單的家庭，重心祇能放在丈夫和孩子身上，角色的全然轉變，忙着爲自己另行定位，有專業或運氣好的人，還能在當地找到一份工作或投資創業，重新起步另創一片天，也並非每個人都能如願以償。在臺灣就是專職的家庭主婦跟着先生的腳步，來到陌生的環境，重頭尋找一個交際或生活圈，也要經過一段適應期；倘若先生的工作不順利，家中經濟重擔全在先生身上，生活壓力更重。

　　我也曾經遇到好幾個臺商，他們說太太和孩子都在臺灣，祇有他一個人在這裏打拼，甚至有人來十年了，太太還是不願意來，不喜歡大陸的人文素養、不適應這裏的社會關系，再加上沒有親朋好友，沒有熟悉的環境，即使本身沒有工作，也放着先生一個人闖蕩，而不願意跟着「吃苦」。

　　有一個獨自來上海打拼的臺商，人前嘻皮笑臉，但午夜夢迴之際，他卻抱着被子痛哭，思念家鄉的妻小，因爲他的經濟還沒有穩定，無法把一家人都接來此地，祇好忍受寂寞之苦，正是：男人有淚不輕彈，衹是未到傷心處！

　　相比下來，願意陪着老公，守着整個家來到上海的臺媽們，眞是勇氣十足了，事出突然，又是到一個全然陌生的環境，很多人以爲語言相通就能萬事順利，其實不然，這裏根本就是一個迥然不同的社會，而且中國那麼大，每個地區的風土民情都不一樣，尤其是較早移民這裏的人，物質或習慣用品等各方面條件都沒有到位，生活相當不習慣。

　　我第一次到大陸，在十五年前，很能體會當初各方面在軟硬體都不足的情況下生活的狀況。四年前老公完成兩岸法學博士的課程後，認定他未來的戰場是在大陸，遂決定轉戰上海，我也衹是陸陸續續往來兩岸，即使買了房子，也是老公一個人留在上海，我成爲空中飛人。

　　從老公到上海開始，有兩、三年時間，我不斷的在掙扎，因爲我在臺灣的新聞圈將近二十年，累積的社會人脈、經驗與時常上談話性節目的知名度，此時此刻正是收成時節，我卻要做一個取捨，放棄自己努力二十年的經驗，到全新的地方展開人生另一段旅程，在天平的兩端，一個是事業，一個是家庭，魚與熊掌不得兼有，輾轉難眠，放不下任何一邊，實在好難下一個抉擇！況且，上海是一個十里洋場，在滾滾紅塵中淹沒了許多男人，我是否放心老公獨自在這裏打拼？有一天，老公半夜打電話給我，說他生病發燒了，一個人躺在床上，身心特別虛弱，他開始有些害怕，擔心自己萬一有個三長兩短，身邊沒有可照顧的人。

同時，多年來夫妻聚少離多，一家人分散在三個地方，（孩子跟着婆婆住在新竹，我住臺北，先生在北京大學念法學博士），我們不能等孩子一天天大了，各自東西而沒有一個完整的家，決定抓住孩子童年最後的小尾巴，於是孩子先跟父親到上海。

2005年8月1日，是我承諾老公正式移居上海的日子。人生有捨也有得，在天平的一端，我發現女人一生追求的幸福，不再是個人的虛榮，而是一個完整的家、一個堅實的臂膀可以依靠、一份可以在日常生活中找到的安全感。

臺媽臺姐博客網，給許多移居到異鄉生存的臺媽一個紓鬆心情的園地，一字一句，都是真實的走過，字裏行間，充滿着真情流露，盡管大都圍繞在丈夫、孩子、家庭或生活等瑣瑣碎碎的小事，或是一些人生際遇，卻是一個人的人生！看着臺媽們用心的經營，我感動的熱淚盈眶，而且感同身受，因爲，「你看到的故事，是我的人生」！

移民社會的特性，多半是青壯年夫妻帶着孩子共同來打拼，群聚效用的使然，同樣來自臺灣的媽媽們會聚在一起，年齡與經歷相仿，有共同的生長背景與生活習慣，以及茶餘飯後共同的話題，讓移居的人們，自然而然形成一個交流網絡。難得有熱心的人，成立網站，讓大伙兒有一個揮灑的舞臺，而且還能夠集結成一本書，紀念這段斬荊棘開疆闢土的歷程，我樂觀其成，爰爲之序！

樓蘭　寫於上海2006年4月

序

劉爾金

對於身爲上海臺爸臺媽的我們，其實剛來的時候和大家一樣對上海是不熟悉的。從到哪裏吃好吃的東西，上海近郊有哪裏好玩，到小朋友的教育問題，很多事情眞是多虧了有許多熱心的臺媽臺姐，仙人指路的幫忙，讓我們少走了好多冤枉路。臺媽臺姐博客網成立以後，更成爲我們這些在異地的臺灣人的一個抒發心情、情報交流的好地方。

其實不論是跟着老公或老婆的工作需要來的，還是到上海來打拼事業的，都冤不了要有一段適應期。從住的問題，到面對本地人的服務和工作態度，交通的問題，飲食的問題，都是要適應和面對的。如果沒有人問，那可眞是叫天天不應叫地地不靈。再不適應就祇好夫妻分隔兩地，或打道回臺灣了。想想我們家的臺媽剛來的時候一個人在十字路口流淚，還有我們剛來時處處碰壁的情況，還好有這麼多好朋友陪我們一起走過。十分感謝所有幫助過我們的臺媽臺姐臺哥臺爸，以後還要麻煩各位囉！

如果你想來上海，不論是短期旅遊或有長期抗戰的打算，這本書都是你最好的參考資料。當然，如果你想得到最新資訊或你已經在上海，那就一定要到臺媽臺姐博客網來挖寶或貢獻你們的寶貴經驗，畢竟前人種樹後人乘涼！助人最樂！您說是嗎？

不一樣的天空，
不一樣的心情。

✏ macoto

　　從1999年四月初帶着孩子踏上大陸這塊土地，來到上海和先生團聚後，從沒想到自己會就像在這裏生了根一樣的待了下來…

　　臺媽臺姐博客網當初成立時，老公只說了句：弄個網站給你管好不好？當下是一頭霧水，五年級生的我，也是在大學畢業後在職場上開始接觸電腦的，對於電腦這塊日新月異的園地。說實在，自己並沒啥信心。

　　博客也就是臺灣所稱的部落格，其實在臺灣新一輩的電腦族裏已經流行了好一陣子，而臺媽臺姐博客網(部落格)的成立，也就是想以這個流行的新元素，爲在大陸這塊土地上生活的臺商及眷屬們，提供一個交流的平臺。

　　沒有商業性，純粹就是心情的分享及交流。

　　去年2005年的九月份開站後，至今已有近三百個會員註冊，每天都有博客之友寫文章分享心情，這之中喜、怒、哀、樂、五味雜陳的心情樣樣有，藉由文章網友之間評論的互動，大家在空中都像是認識許久的好朋友般相互關心着，有一次正港臺媽這樣告訴我：macoto！你這個博客網可以救人一命耶！我當下不太明白，後來我知道了！藉由文字的抒發，可以讓離開家鄉來到陌生的土地上生活的同鄉人，找到一塊發洩心情交流心情的園地，頓時覺得自己就好像開了一個大門，讓同樣來自臺灣的同鄉人，來到博客的大客廳裏來開講，這個感覺真好！

　　"臺媽臺姐部落格"這本書的形成，也是想為這些寫過文章分享的朋友們，留下一份不一樣的記錄，記錄我們在這塊和家鄉不一樣的天空下生活的點點滴滴，不免俗的，我要謝謝在去年11月份才開站的臺商太太新天地論壇，和臺媽臺姐博客網連結後，會員互動更加頻繁，資源更是源源不絕的互相分享，謝謝蘇武嫦娥夫妻及趙小媽的鼎力相助，讓這本書除了網友的小品心情之外還有一些生活相關的資訊，這些都是所有會員在網路上自己一字一字敲出來的真實生活資源，以及咖啡教主ivon的贊助支持，"臺媽臺姐部落格"一書才得以能順利出版，謝謝你們！！

　　最後，我要謝謝笑長，是他讓我藉由臺媽臺姐博客網，使我的生活有了一片很不一樣的天空……感恩……每個一切……

臺媽臺姐部落格
二零零六年春

Contents

特別感謝珍珠、薰衣草的兒子與小紅魚的兒子為本書提供畫作

目錄

生活札记与经验

Blog

 臺媽臺姐部落格

♥ **臺商太太新天地**

生涯規劃 生活進修

- ・廚藝教室
- ・花藝學習
- ・巧藝拼布教室
- ・銀飾教室
- ・譚書蟲讀書會
- ・藝術蛋糕教室
- ・姓名學教室
- ・英日語學習
- ・海外遊學
- ・網站諮詢與規劃

一個給在大陸居住的台媽台姐們交流的平台，
交流的平台，
台媽台姐部落格是 ⟶
大家記錄分享心情的地方

此部份是注册的近三百個會員裡所挑選出來的心情札記，謝謝所有曾在這個網上寫文章的每個朋友，有你們的分享在這裡的生活更不一樣。

台妈台姐部落格

www.tmtsblog.com 上海生活心情記事

如果說在上海六年就叫
六年級

- - - ● *筆者：macoto*

1999年的四月九日

我帶着二歲三個月的女兒飛到上海浦東

那時沒有地鐵二號綫沒有世紀大道

浦東最熱鬧的只有八佰伴

陸家嘴連正大廣場都沒有

現在2005年的九月

我的家仍然在上海的浦東

中間搬過二次家

買過房子賣過房子

請過四個阿姨

現在的我們有了自己的事業

如果說在上海六年就叫六年級

那麼六年級的我和七年級的老公

一個臺媽和一個臺爸

帶着二個臺灣小寶貝

都深深的喜歡這個地方

一個人就算再富有
都要有本事回到什麼都沒有

也繼續在這塊土地上為生活打拼
昨天從電視裏看到一段發人省思的話
一個人就算再富有
都要有本事回到什麼都沒有
在這裏和所有的人分享……

網友回覆：

JILL
我很欣賞
"一個人就算再富有，都要有本事回到什麼都沒有"
這句話
· · · · · · · · · · · · · · · · · · ·

ivon
是一無所有幸福
還是家財萬貫幸福
只有知足常樂最幸福
· · · · · · · · · · · · · · · · · · ·

小敏
哇~照這說法，我祇有"半"年級，昏倒~~~
· · · · · · · · · · · · · · · · · · ·

臺姊
臺姊我前幾天剛剛慶祝被'發配邊疆"13周年慶!
天哪!我在臺北也才不過才住12年哪!
朋友們問我感言,我引用本地歌曲"血染的風采"裏的歌詞
:~~共和國的旗幟上有我血染的風采!

當親友團吃到小籠包的那剎那
還一直無法相信⋯⋯

等待二個小時的小籠包??

----● 筆者: 珍珠

　　要不是親友團路過上海一遊，我想我絕對不會作
出這麼瘋狂的舉動!!

　　今天下午堂姐公司員工旅遊來到最後一站–上
海，打電話來特地指名說要吃豫園頂頂有名的南翔
小籠包，為了盡地主之誼,便自告奮勇幫忙去排隊購
買。來上海這麼久，去過這麼多次豫園，這卻是第
一次跟着長長的隊伍排隊，心理盤算着一個小時總
應該足夠了吧!!

　　沒想到隊伍前進的速度比烏龜爬蜈蚣走還要慢，
尤其在接近攤位前的五公尺時，真的有種度日如年的
感覺。為了買滿足親友團的五籠小籠包，我們等待
了二個小時⋯⋯多麼珍貴的時間啊!我們卻除了等待
還是等待。

　　就在我們即將完成這艱巨的任務時，有一位不長
眼的小姐，竟然厚着臉皮要求排在前面的一對年輕
男女讓他搭順風車，幫他買小籠包，此時排隊已經排
到冒火的我，正苦于沒有地方發泄，但仍先靜靜地
觀察這對年輕情侶所給的答案，幸好他們還算上道理
智，很明白的告訴那位無理的小姐，這樣作會對不起
後面規矩排隊的顧客，後面雞婆的我也忍不住對那位
小姐曉以大義⋯⋯我ㄟ祇能搖搖頭說 "惹龍惹虎，就

是不要惹到母老虎!!"

　　當親友團吃到小籠包的那刹那還一直無法相
信，這小小的小籠包真的需要排二個小時的隊才能
買得到？？我們也只能苦笑......

　　小籠包有這麼好吃嗎？？

　　今天我們作了過去我們認為很愚蠢很神經的行
為.....這一切只為了小籠包啊~~~~~

網友回覆:

macoto
我們也是來了好幾年
從來沒去嘗試買過
沒想到要那麼久

可愛琦
ㄟ....要上樓吃啦樓上比較貴但是比較好吃
不過我也祇吃過那麼一次......一次就足夠了

上海笑長
應該是上樓吃不用等,
不過吃來吃去還是鼎泰豐的調味料好吃,
加薑絲加辣油加醬油才夠味

趙小媽
佩服
要我也這樣做,你殺了我吧

令我非常難忘的生日

---● 筆者: jodie

幾年前的冬天
老公到杭州出差
一去要兩三個月
我們也就跟去了
十二月的杭州除了冷還是冷
從沒在大陸過過冬天的我們
整天祇能窩在飯店中
過着沒有朋友的日子
白天老公上班
就我們母女二人相依爲命
晚上等着老公回來帶我們去吃飯
在我生日的前一天晚上
有朋友找我們去飯店的餐廳吃飯
那天下午女兒沒有睡午覺
吃飯時間卻睡了起來
就在一旁睡了起來
等到我們吃完飯回到房間
他醒了說要吃東西
我想說飯店旁邊有一間麥當勞
去買一份兒童餐給他吃好了
穿上厚厚的羽絨外套
卻因爲愉懶穿了一雙沒有包腳的矮跟拖鞋

揮別了老公，帶着女兒和一支
很痛的手，登上了飛機飛回了
臺灣。

想說在旁邊而已
結果因爲天氣寒冷 雙手緊插在外套的手套
不小心的在一個拖行李的斜坡
我..........我摔倒了
很用力的重重的滑倒
右手肘用力的撞到地上
當時眞的很糗
旁邊的先生好心的問我有沒有怎樣
我趕緊爬起來說沒有
就扶着很痛的手到隔壁的麥當勞買了一份兒童餐
然後回到飯店
回去後跟老公說我剛剛摔倒了手很痛
老公看了我的手搖一搖說
還能動應該沒有斷
此時是晚上的十一點了
我還去洗澡睡覺
睡到半夜我被痛醒了
我搖搖旁邊熟睡的老公說
我的手好痛好痛喔
我覺得應該斷了
老公說要不要回臺灣去呢
不然去本地的醫院看醫生
醫生如果說要手術什麼的
你敢嗎??

他實在說到我的心坎裏了
在第一次來大陸
對于醫療還是有不了解的地方
我想還是回臺灣吧
此時是凌晨四點
我打開電腦查詢班機
得知最早的班機是早上八點
我開始打包行李收拾行囊
準備帶着女兒回臺灣
早上五點多挖起睡夢中的女兒
穿好衣服就飛奔到機場
在機場的路上心裏一直很忐忑
因爲沒有事先定位
好險!!順利的畫了位置
揮別了老公
帶着女兒和一支很痛的手
登上了飛機飛回了臺灣
回到臺灣緊急的去醫院照了片子
果然..........我的右手斷了
醫生建議要開刀打鋼丁
我當晚就被要求要開始住院
那天……是我的生日
一個人孤零零的在醫院好慘喔
這個生日眞是令我難忘……

網友回覆:

macoto
真的是一個特別的生日
一輩子也忘不掉
現在呢
都沒事了吧
希望你未來的生日
都是窩心的溫馨的

- - - - - - - - - - - - -

薰衣草
看的我都心疼的掉眼淚了，相信有很多人都有跟你類似的境遇，堅強的女人，你的名字叫——母親，相信你一切都已漸入佳境了吧！

- - - - - - - - - - - - -

珍珠
只有這種特殊的生日才會一輩子都忘不掉吧!!
招弟好勇敢喔~~~

- - - - - - - - - - - - -

可愛琦
哇~~~~~
給jodie秀秀.....
一個倫過那樣的生日..心理一定是難忘又難過ㄅ..

入鄉隨俗

- - - ● 筆者: 貝阿提絲

不知道你們對于上海市的交通感覺如何?

我想大多數的人會搖頭吧……

大車和小車搶, 小車和自行車搶, 自行車呢? 當然就和行人搶嘍!!……咦~行人跟誰搶?

行人跟自行車搶, 跟小車搶, 也跟大車搶。

很辛苦的站在路口的紅綠燈變成最無辜的人。

無論刮風下雨艷陽高照氣溫高達40度或天寒地凍溫度在倒數時。

它還得努力的堅守崗位。

路上呼嘯而過的大小車低頭走路的行人常忽視它的存在, 管它現在是什麼燈一付老子要過誰敢攔着我的姿態。

反正老子是九命怪貓"唬怕唬…"

一個好笑的經驗: 在過馬路遇到紅燈必需停下來, 是連2歲的孩子都知道的事。

好幾次遇到紅燈停下來的祇有我自己, 其他的人視若無睹的從我身邊閃過……

忘了是什麼時候在電視臺看到一個節目,

在電視臺看到一個節目，鏡頭在同濟大學門口一位警察把闖紅燈的老外攔了下來…

鏡頭在同濟大學門口一位警察把闖紅燈的老外攔了下來，

　　問他：你爲什麼要闖紅燈呢?

　　老外：入鄉隨俗啊!!!!!

　　看來，我還是沒有那位老外融入得多哇!

網友回覆：

開啓月之光

闖紅燈？！

有一段這樣的劇情……

一位男士跟着前車的小姐，一路直闖好幾個紅燈。

突然在一個亮綠燈的十字路口踩ㄌ煞車，害的緊跟後面的男士座車差點撞上。于是下車質問紅燈都過ㄌ爲何綠燈才踩煞車，那小姐理直氣壯的說：我怕別人闖紅燈呀!

這可不誇張以前我在這裏開車不管是紅燈綠燈，一律都踩一下煞車才放心……

還好這一、二年大城市的交通已有改善。

另一有趣現象就是行人從過馬路就可判斷，是剛來的菜鳥或來很久的老鳥。

· · · · · · · · · · · · · · · · · ·

smilebats

是啦!剛來的時候是乖寶寶，

現在…呵呵呵……

· · · · · · · · · · · · · · · · · ·

macoto

自從我來到這裏，

就已經知道紅綠燈是僅供參考用。

你不知道嗎？

這時一列全空的地鐵進站，我站在最貼近車門的地方好整以暇優雅的等候門開。

大風吹！吹什么？

- - - - ● 筆者：薰衣草

因為下了許多天的雨

又碰上年底學生放寒假

最近根本不能出門

除了打不到車

好不容易在凄風苦雨中叫到車子

又被祖國同胞搶先跳上車子揚長而去

有時幷不怪搶車的同胞

而怪出租車司機怎麼這麼沒道義

他最清楚是誰先叫到車的

竟幫着那搶車的強盜欺凌婦孺而不加制止

助紂為虐!

決定加以抵制

所以

今天去考駕照就乘地鐵回來

從沒到過莘庄這一站

我很輕鬆的在等車想說

起點站一定有位子

一點警戒心也沒

眼睛還偷瞄旁邊看報年輕人報紙的內容

眼角餘光還看到很多人拎着行李要返鄉回家

拿着擴音器的工作人員喊着要大家排隊

這時一列全空的地鐵進站

我站在最貼近車門的地方好整以暇優雅的等候門開

門突然開了

突然千軍萬馬從我背後奔跑

我根本站不穩

腳跨進門時

全部坐滿沒位子哩

根本搞不清楚發生什麼事

這狀況大約三秒吧

我腦中突然想起

大風吹!吹什麼?

若2008奧運有此比賽項目

中國一定世界冠軍啦!

TIPS

考駕照的相關信息，你可以在本書第167頁
找到喲!

網友回覆：

ivon

哈!幸好你抵制的地方有地鐵
上次我抵制的地方祇能一直走路
害我想念小時候那輛小鐵馬
前幾天在街邊也看到搶出租車實況
是一對男女和一個女的
現場是一女在前座，一男在後座，一女在外
車內的男女吵了起來誰也不下車
那個男的還威脅司機不能開走否則投訴他
祇見外面那個女的開始打110報警
司機祇好下車，而車內的男女仍吵個不停
眞是輸了他們

· · · · · · · · · · · · · ·

nefertiti

哈哈，給福娃秀秀~~入境隨俗啦~~
車門一開，要像鬥牛一樣，往前衝啦

· · · · · · · · · · · · · ·

macoto

哈哈哈
改天還要親口聽你再叙述一次
一定超好笑
想像着紅福娃被推轉着進車箱
傻眼沒位子的樣子
一定很······

幽默 ——讓你的生活更優

●---- 筆者：薇薇安

　　昨天聚餐時朋友說道最近辦加簽時因簽證過期出入境管理局要予以罰款，朋友苦苦拜託，好說歹說，最後還是慘遭罰款4000元人民幣。

　　去年偶也是面臨一樣的情況，我和兩個女兒的簽證都過期了20幾天，辦事人員給了我一堆文件要我到一樓繳罰款，排隊等待罰款時聽見一個女士和辦事員起了爭執，原來她和孩子簽證都過期10幾天被罰了1500元，接下來那個老外罰得更重，即使他用還聽算得懂的普通話哀求從輕發落，依舊落個3500元的罰款。我冷汗直流，招指一算，挖哩！這樣算來我少說罰個2000多元柳！怕極了……怕極了……

　　輪到偶時辦事員看了看我臺胞證上的照片問：你是本人嗎？我回答:是啊!他又說：不太像呀！什麼時候拍的？我說：是太老還太醜？他在那裏竊笑又指我女兒的臺胞證問：這兩個是你的孩子嗎？我說：你該不會懷疑她們是我的孫女吧！這時連他隔壁那個同事都笑了，在這種工作環境下難得有輕鬆的言語，他填了一大堆表格後告訴我，來到我這裏是一定要罰款在這裏生活不管做什麼事情靠關系似乎成了重要的成功因素。

的，我看你也不是故意的，警惕一下，罰款100元好了，說聲謝謝後又不忘本性的消遣他一下說：不會再給你有機會嫌我老了。

　　在這裏生活不管做什麼事情靠關系似乎成了重要的成功因素，像我們這種沒有關系的人，低聲下氣不成，因爲他會得理不饒人，趾高氣昂不能，他會認爲你目中無人，輕鬆一點吧！幽默不失爲平民百姓化解危機的好方法喔！

TIPS
辦理臺胞證及居留證的相關信息，你可以在本書第158頁找到喲!

網友回覆：

開啓月之光

好可愛的薇薇安，
你的幽默是否如喝水吃飯那麼自然和簡單？
身在你四周的朋友一定很幸福。
其實在內陸有句話仍然管用⋯⋯
"沒關系就是有關系；有關系就是沒關系。
沒關系就要找關系；找到關系才會沒關系"
找到關系才能沒關系。

· · · · · · · · · · · ·

上海笑長

你眞是厲害！
已經學到上海的"搗糨糊"啦
這招有時眞是好用哦

· · · · · · · · · · · ·

macoto

沒錯
薇薇安做的很好
也不是說我們就一定要低聲下氣
實在是在非常時期用非常手段
沒必要擺高姿態讓自己的荷包大失血
給你拍拍手喔

薰衣草

我也逾期
但沒被罰錢
跟薇薇安一樣
讓承辦人員高興了一下
免罰！他說態度好不罰！下次小心了

● ● ● ● ● ● ● ● ● ● ● ● ● ● ● ●

smilebats

我就是開始就跟自己的荷包過不去的人啦......
生氣不會讓原本處于膠着的事變得順利反而使它更混亂
退一步轉換心情
微笑是萬能解藥!!
幽默.....使你的生活更優!!
我得好好學習學習！

不可不思議

---● 筆者: 上海臺姊

有位朋友帶着三歲稚齡女兒來上海探望已
來此工作半年的先生，她先生在一家臺灣來此
地張江高科技園區設廠的電子公司任職，之前
她已經帶女兒來探親過一次，這次是第二次
來，仍猶豫着是否應該"移民"過來?

由于她在臺北是在一家環球的外商公司工
作，待遇和福利都不錯，那家公司雖然在上海
也有分支機構，但是他們已經實施本土化，如
果她願意比照中方員工的待遇，也許還能在那
家公司找到一份工作，但是也不是絕對有把
握。除此之外,想要在上海找一份工作可就只能
碰運氣了。

其實這些還不是她考慮的重點，最主要的是
她主觀上就不喜歡大陸！她討厭這裏隨處可見
的隨地吐痰和亂丟垃圾的行爲，以及到處都是
擠擠碰碰的人潮。她說她的女兒才三歲就已經
會跟她抗議"計程車司機按喇叭很吵！"

她先生住在張江高科技園區的宿舍，就在

我想帶着稚齡孩童來此地定
居的父母們——尤其是媽媽
們，一定是蠻辛苦的！

地鐵站的對面，進出上海市區就屬搭地鐵最經
濟且方便，可是她帶着小孩搭地鐵，不只沒有
讓座這回事兒，每次上下車還會被不遵守"先
下後上"的乘客推擠碰撞一番，小孩每次都會
一臉疑惑的問她：為什麼別人碰到她沒有跟她
說對不起？！

　　這讓我想起一件幾年前遇到的"趣事"，
有一次我在上海郊區的一處風景區游覽，當我
在賣紀念品的小店的玻璃櫃前看東西時，有二
個小朋友過來跟我說："對不起！可以借我看
一下嗎？"我馬上讓開，并且和一起前往的朋
友說，我來上海這麼久，第一次碰到這麼有禮
貌的小朋友。（當地人的習慣是把你擠開，你
若有异議還會吃衛生眼珠!）我忍不住跟那二位
小朋友搭訕，問他們從哪裏來？結果是臺北來
的小學生，由老師帶隊利用暑假來上海學跳水!

　　我們是能夠明辨是非做出判斷的大人，有
時候尚且會忍不住受當地人的刺激或影響而做
出有損我們教養的反制行為來，小孩子還沒有
判斷能力，受此地這種身教，言教的影響，行
為產生偏差的機率非常大，這就不能不慎重了！

　　雖然從另一個角度想，中國人會是她未來
的競爭對象，盡早置身于他們的生活環境知己
知彼也未嘗不是利基，我就見過許多本來被家
人送去美加或澳洲的小留學生，這會兒又被家
人"想方設法"的安排到上海的財經大學就
讀，為的就是希望能在這所有"財經官員的搖
籃"之稱的學府先結交一些關系。這些大孩子
還可能有辨別是非的能力。至于年幼的孩童來
此，則完全得靠父母親的家庭教育用心去導
正。我自己是黃金單身貴族，但我想帶着稚齡
孩童來此地定居的父母們——尤其是媽媽們，
一定是蠻辛苦的！

網友回覆：

正港臺媽來啦

我的朋友是新加坡人
在上海兩年堅持不搶計程車不亂穿馬路
小朋友懷疑地問他們，他們還是堅持這樣的行為
我很佩服他們也告訴自己
有些事情該堅持的還是要堅持
也在努力學習中

● ● ● ● ● ● ● ● ● ● ● ● ● ● ●

未央歌

直到現在我還是很不習慣這裏的一些文化，
前幾天帶女兒搭公車的時候，
還因為<先上後下><爭先恐後>而忍不住罵人，
因為我女兒被突如其來一擁而上的人潮嚇到了，
唉！再等十年吧！看看會不會文明一點。

● ● ● ● ● ● ● ● ● ● ● ● ● ● ●

薰衣草

昨天才在新聞看到，上海市政府為迎世博號召百萬家庭
一齊上禮儀課，我真懷疑他們哪裏找師資，又擔心所有
的舉措都是為世博，啊世博辦完第二天ㄅㄟ！是不是又
要回到新石器時代！教育真的很重要！

大小姐與燙內褲的血淚記事

----● 筆者：可愛琦

　　剛剛坐在客廳喝咖啡時，看着窗外陽臺上的衣服…讓我想起剛來的那時候，那時候還沒請阿姨，我家的阿姨就是我——在臺北是大小姐的我，開始展開跟我們家印傭娃蒂差不多的生活。

　　來的時候已經是深秋了…接下來迎接我的是…好冷的冬天喔！洗衣服、曬衣服……收衣服。收下來的衣服~~~太冰了…也沒有乾衣機，有神經質加上潔癖的我開始燙衣服…每一件都燙……

　　因為不知道乾了沒不知道有沒有乾淨，當我老公發現偶在燙他的四角內褲時…都快瘋了！

　　皺着眉頭…偶需要連內褲都燙嗎？

　　我那時還回答他說你有看過這麼好的老婆ㄇ…還幫你燙內褲。

　　沒想到他還會不好意思說..老婆求求你..偶的內褲不用燙。

　　唉~~~~我也不想燙。可是要怎樣才知道衣服乾了沒了…

　　8個月後我們搬了家…我也請了阿姨…

　　終于....我擺脫了燙內褲的世界了！

網友回覆：

在上海
哈…
讓我想起了我剛到上海的生活…
恭喜你榮升——
有阿姨可以幫忙的太太生活

● ● ● ● ● ● ● ● ● ● ● ● ● ● ● ●

未央歌
琦,下次我拿我家的內褲給你燙啦~
不過老實說,在上海一年作的家事份量在臺灣可能可以作
十年吧~~
各位姊妹，加油吧!!

● ● ● ● ● ● ● ● ● ● ● ● ● ● ● ●

macoto
其實每一位來到這裏的臺太，都有一篇篇精彩的故事。
琦妹妹，我雖然沒燙內褲，但是也學會了要自己做一切
家事。這都是經驗，沒來這裏生活的人不知道不能體會
的難得經驗喔。

● ● ● ● ● ● ● ● ● ● ● ● ● ● ● ●

nefertiti
哈哈哈，燙內褲
琦，你不像天秤，像處女座

● ● ● ● ● ● ● ● ● ● ● ● ● ● ● ●

bj5358
燙內褲不對嗎?平平整整多好阿!

是誰偷了我的推車？

---● 筆者：糖果媽咪

　　說起超市購物，我永遠都無法忘記第一次在上海的某家超市所發生的意外，當時是憤怒加不解，現在想起來就覺得好笑。

　　話說一年半前我初次移居上海時，第一次到住家對面的"X購超市"買東西，當時大約晚上八點半，走進超市覺得一切都好新鮮，所以當下決定推一部大推車好好采購一番，買了衛生紙、清潔用品、沐浴用品…選了一堆東西後，決定去買些水果，離開推車不到三分鐘，秤完水果走回來推車已經不見了，起初我以為是有人推錯了車，前後找了一回，竟然完全找不着，真是太怪異了，難不成是有人撿現成的東西直接推去結帳，也許是我邊找邊嘀咕的舉動引起周圍人的注意，開始有人發話了："別找了，一定是被放回去了"當下聽完真是一頭霧水，什麼叫"被放回去了?"一堆好心人（閒着無聊的超市售貨員）你一句我一句搶着解釋，我當時真是有聽沒有懂，所以決定趕快再推一部車重頭采購，這次我先從食物買起，因為記得自己買了那些菜和生鮮冷凍食品，所以就直接往那個攤位走，就在我逐一采購的過程中，我發現了一個很怪的事，為何總是這麼巧，在這次真的活見鬼了，我一轉身看，推車又不見了。

我想要選購的幾個攤子上都有已經裝袋秤好貼上價錢的食品，而且還都跟我想要的數量差不多，這下我終于弄懂了，原來他們所謂的歸位是把沒人看管的推車裏所有東西放回原來的攤位，這真是太離譜了。可是既然發生我也祇好認了，重新開始采購，就在我選了將近半車的東西後，我走到水果區準備買一些香蕉，轉個身拿袋子接着走了一步挑水果，這次真的活見鬼了，我一轉身看，推車又不見了。這次我真的火了，到底是誰在跟我開完笑？還是有人知道我初到上海想整整我？推車就靠着我的背後停着，怎麼可能就這麼憑空消失，而且這次我轉身的時間還不到兩分鐘，我水果都還沒拿去秤呢，怎麼又不見了！真是太奇怪了，一點聲音都沒有，我馬上問面對我的售貨員，當時我認為售貨員面對着我，那麼她一定有看到是誰推走我背後的車。可是答案竟是"不知道、沒看到"。這下我真是傻眼了，不死心的又問了其他的幾個人，竟然全都沒人瞧見，我當下決定自己去抓這個偷車賊，轉身就往我剛剛選購東西的地方，依序跑了一遍，可都沒看到那個"賊"，這下我決定找超市負責人理論，不過叫罵了好久，好不容易來了一位超市主管，聽完我的抱怨後，他竟然叫我再重新采買一次，

本以爲這位主管會幫我找回失物，沒想到竟然是這樣的回答，我眞是氣極了就要脅他我要向他們老板投訴，如果他不把我的推車找回來我一定投訴，這下他有了回應說到裏面看看，說是通常物品被歸位前有可能會先推進去整理，等了有十分鐘，這個主管才走出來說都歸位了找不到，這眞是天下最荒謬的回答，我剛剛才看過一遍，當我和這位主管爭論時，我的眼睛還是繼續在搜尋推車，可是我都沒瞧見。怎麼可能這麼快東西又被歸位了，眞是很難讓我信服。不過沒辦法再不采購，超市就要打烊了。所以我也祇能自己生着悶氣回頭再推一次車重新采買，不過這次我有了幫手，看水果和蔬菜攤位的幾個售貨員都自願幫我看顧推車，所以我把推車放在他們眼前快步衝向不同的區域去采買，然後再把東西放到推車裏，再三叮嚀感謝這幾位小姑娘小伙子幫我看顧東西。不過說也奇了，這次采買的過程裏我竟發現跟先前一樣的怪事，我原先買的東西要不就是完整一袋出現在攤位上，要不就是被拆開一半丟在攤位上，這下我眞的是對那位盡責的 "貨物歸位員"深感佩服，他眞是太太…太利害了，眞的在這麼短的時間、在這麼多人的監看下把東西全都歸位了，果然共產黨的管理方法有一套。

最後我順利采買完東西，也深深感謝那幾位盡守崗位看管我推車的小姑娘小伙子們，他們眞的太盡責了，所有的員工早就收完東西擠到結帳臺前排好隊準備下班，這幾個"看守員"竟然還站在原地專注的"看守"我的推車，我的推車，他們眞的是一點都不放鬆緊盯着推車看，哪怕是要跟旁邊的人聊上兩句，眼睛還都是專注看着推車，當我走到推車前看到的就是這樣令我感動又好笑的畫面。這是我在上海的超市采購所經歷過最怪异、最生氣、最感動、最爆笑的第一次。

網友回覆：

趙小媽

我有經驗.
一次到現在還是不知道原因，我想原因可能如上.
一次是推車被顧客偷了，因為那次我剛拿了鞋(未結帳)，
後來車不見，在糖廠區發現我的鞋被人亂放.
一定是臨時想要推車的人幹的

• • • • • • • • • • • • • • •

bj5358

我第一次聽說這種事耶,好奇特喔...

• • • • • • • • • • • • • • •

上海笑長

你實在是不專心哦
我有一次到日本去買東西，是和朋友一路拿着店裏的籃
子回飯店，給朋友笑死了

• • • • • • • • • • • • • • •

macoto

你也太扯了
遇到一次就算了
還接二連三
看來那天老天爺一定是和你開玩笑的啦
往後沒有這樣的經驗了吧

當我再一次回想這一件事時，我的眼淚一直不能止住。
我只能說——我有一個最可愛的兒子。感謝我的主!!

凡事謝恩

----● 筆者: 小媽

　　猶記得去年冬天的某一星期日我、天兵少爺、嘀咕小姐在寒冷的下雨天走在上海的紅磚道上。

　　這是我們在上海過的第一個冬天。

　　突然間，天兵少爺一個不小心"啪!!"整個人撲跌在一灘污水上。

　　小媽立即怒氣上騰"你在幹什麼？你沒看到地上那灘水嗎??要跌也要跌在別的方向!!"
那時天兵少爺跌得一塌糊塗,傘歪了，眼鏡髒了，還喝了一口的污水，嘴上還有砂土。

　　當時天兵少爺穿的是黑色的羽絨外套以及防水布棉的黑色長褲，祇見天兵少爺趕緊把手指從袖口探進去,然後說："媽媽，凡事謝恩，我裏面的毛衣沒有碰到水!!"

　　天兵少爺身上穿的是小媽新買的毛衣。

　　但壞心的小媽并沒有止住怒氣，

　　"你怎那麼笨，走路都不用看路嗎??要撲倒沒看到地上的那灘水嗎??"

　　"媽媽，不要生氣，幸好我今天穿黑色的，凡事謝恩!!"

"你離我遠一點，身上髒死了!!"那時天兵少爺的外套上都是水珠子，有拿紙擦，但不夠用。

"媽媽，幸好現在正在下雨，別人看不出來，媽媽，你教我們要凡事謝恩。"

"謝什麼恩!!生到你我倒楣死了，有什麼好謝恩??"小媽的怒氣好像吼叫的獅子。

等公車來，我也不讓天兵少爺站在我身旁，除了生氣并唯恐他身上的髒水碰到了我，一直到回到了家。

"去把外衣都換下來給我洗!!"仍舊生氣的亂七八糟的小媽。

"好!!"天兵少爺乖乖的立刻去做。

"媽媽,衣服要丟在哪裏??"

"給我!!"

當我一轉頭看到天兵少爺時，我的眼淚立即奪眶而出……

我看到——我的兒子衛生褲的膝蓋都是血……都是血，白色的褲子襯着那鮮紅色的血。

那血是那樣的紅，彷彿訴說他的疼痛……

當我失去理性責罵他時，他連提都不敢提……

我是全世界最壞的母親!!

網友回覆:

劉家太后

你家小朋友真的好乖巧唷
那天他一定痛極了,還怕弄髒衣服,
真是老實乖巧的令人心疼

● ● ● ● ● ● ● ● ● ● ● ● ●

sonyawurlee

你家公子簡直太完美了,可不可以外借,借來感化我兒子?要不然,小媽,願不願意開班,集中訓練啊?

● ● ● ● ● ● ● ● ● ● ● ● ●

學媽

我剛剛突然想到
他一定是被你嚇到沒有痛的感覺
要不就是天氣太冷....沒有痛的感覺
人鈍一點還是比較好

● ● ● ● ● ● ● ● ● ● ● ● ●

上海笑長

有人笑我這博客網都是話家常的事
要出書可能沒人看
但看了這篇文章心理的感受我想大家都一樣才對,
而且評論數爆多,你說這些沒人看嗎

能平易近人能打動人的文章才是好文章啊！
看完也想到我家太座也是常這樣敎訓小孩
所以我覺得夫妻間一定要有黑臉和白臉
不然小孩沒地方去哭訴啊

● ● ● ● ● ● ● ● ● ● ● ● ● ● ● ● ●

JILL

吼～好心疼你家的天兵少爺喔！
他眞是懂事～
希望可愛小天使能快樂成長
擁有父母最多的關愛

● ● ● ● ● ● ● ● ● ● ● ● ● ● ● ● ●

macoto

小媽
身爲你的同班同學的我
要和你家少爺多學習了
凡事感恩

● ● ● ● ● ● ● ● ● ● ● ● ● ● ● ● ●

葉子

當我看到這篇心情故事時
不禁又想起前些時候小媽曾向我提到那位可愛的天兵少爺
他的另一個故事（早餐的故事…）
心痛了起來
我開始對着電腦啜泣…
也許是心有戚戚焉
就像唱魯冰花會想到電影情節
唱着唱着眼淚就不聽使喚地流下來一樣

我一直深信
孩子是上帝賜予我們最好的禮物
他們是爸媽心中永遠的小天使

小敏

哀優...看的我得用衣領來擦眼淚,天兵少爺真的EQ特高ㄟ...跌痛了還不忘記安慰媽媽"凡是謝恩",小媽敎的孩子真好偷偷的承認...我也是那種在路上經常被雜物絆到腳的笨女生(不過我不會跌倒ㄟ),一方面是我走路抬腳不高/加上容易分心東看西看不看路,每次絆到我自己都嚇一大跳,有時還會怪我老公幹嘛不幫我看路...如果我老公敢笑我,愛面子的我會更大發雷霆...(標準沒EQ的小敏)

看到這篇,慶幸——我不是小媽孩子,說句實話——有人跌倒還看方位的嗎

● ● ● ● ● ● ● ● ● ● ● ● ● ●

bj5358

真羨慕你有一雙好兒女
天兵少爺好勇敢\EQ高
小朋友真的是最可愛的小天使
陪伴我們于此人世修行阿
"凡事謝恩"我很喜歡

● ● ● ● ● ● ● ● ● ● ● ● ● ●

趙小媽

當我再一次回想這一件事時,我的眼淚一直不能止住。
我只能說——我有一個最可愛的兒子。感謝我的主!!

將心比心

----● 筆者: 上海笑長

這陣子公司裏走了許多員工

是好是壞心裏也不清楚

但做爲企業主我總覺得應互相尊重

有時也要站在對方立場想

這樣心理就不會有太多的疙瘩

（有時這樣是力量的擴散）

我用的員工基本都是沒經驗

我喜歡如此，這樣看到他們的成長我的心裏也爲他們高興

不過公司就要付出很大的教育代價

但我認爲這是："社會責任"

公司在和客戶的合作基本上我也喜歡采用新公司一同合作

這樣可以看到彼此成長，共同努力

這是公司的企業文化也是我的處事之道

這個博客網開站許久也沒什麼特別的開站宣言

也沒什麼特別"動機"

只是每每看到這麼多用心的人在這生活

希望所有在這打拼的人，用心
生活的人，都能順心，如意！

心理就特別激動

看到許多友臺也在認真，用心。。。

去經營這些網站

這是很辛苦的 "社會責任"

其實包括使用者也都要盡的社會責任

將心比心，這樣才會永續下去

最後：不論 "動機" ，不論社會責任多寡

希望所有在這打拼的人，用心生活的人，都能順
心，如意！

在此以：感恩，謝恩，回敬大家

網友回覆：

蘇武

校長大人，
　　員工如流水，重要的是員工離開公司後有更好的發展，這就是雙贏！
　　若是情緒的反彈，那這員工留在公司無異也是一顆不定時的炸彈，勉強留人，對業務的運作，不見得是好事！
　　看到你的文章，小弟很慚愧，發表了一篇小小宣言，真是貽笑大方！
　　貴公司及博客網在你的正確引導之下，勢必蓬勃發展，不必因人廢事！
　　最後，我想送你一句話：
　　失之東隅，收之桑榆！！

趙小媽

macoto我沒有看法啦
都素你給人家壓力。
不過我覺得如果真的視為社會責任，那....那真的不能要求什麼。
責任，就是應做的本份，我是不會傻到把訓練員工當本份的。
算了…macoto我還是回去寫博客好了88
…笑長加油喔!!!…

地瓜妹

哎聽起來有點沉重
社會責任嘛

這樣的字眼　太沉重了
現實中不管生活或是工作
每個人都正在扮演多重的角色
我想說　這不是應不應該的問題
而是捫心自問
你喜歡做這事??
有了喜歡　所以願意堅持
只有願意　才不會輕易放弃
怎樣才能表達"心"這樣的感情
感謝上天給于我們這些試練的機會
也讓我們藉此能認識更多善良無私的人
不是嗎
別人願意給你的是
溫暖鼓勵和支持的掌聲
你可不要祇是告訴自己
社會責任　責無旁貸
小小體會
無論有多少希望
希望不單祇是希望　也是指出另一個方向
你　站在前端
請用最燦爛的心情　堅決地

向...前....走

● ● ● ● ● ● ● ● ● ● ● ● ● ● ● ● ●

小呵

嗯~
還記得剛來上海時,
人生地不熟的...
正像瞎子摸象似的體驗上海時,
正值臺媽臺姐博客網開網初期,
透過大家的熱情分享,
陪我走過最孤單寂寞卻又身處異鄉的日子..
我想我是眞的愛上這個網了....
大家一起加油喔!!

zzjj

蘇武同學：

　　你說的不無道理，若是情緒的反彈，那這員工留在公司無异也是一顆不定時的炸彈，勉強留人，對業務的運作，不見得是好事!但是若被眼前的現象誤認爲留下了自認爲重要的人，其實旁觀者都很淸楚，留下了勉強留下的人，卻讓一直以來爲企業付出辛勞的人輕易的走了，那將來會後悔的!

上海老建築──愛廬

----● 筆者：劉家太后

　　非常喜歡上海的舊法租界，空氣仍彌漫着老上海「東方巴黎」氛圍，走在這一地帶，就仿佛置身巴黎Marais的老街道。

　　其實是被音樂聲吸引了，于是由東平路轉進上海音樂學院附中，目光隨即停留在校門入口旁的9號樓。

　　被藤蔓密密包裹的石材建築，靜靜的避開人群，優雅的遠離塵囂。在蕭颯的季節，枯枝藤蔓讓它別具風情，可惜學校不開放外界參觀，衹能從門縫窺視幽暗的門廳。房子的大氣，透露它不平凡的來歷。

　　查了資料，才得知它是當年宋美齡的陪嫁品，蔣介石親筆題字「愛廬」在庭院的石頭上。當年的陪嫁是一棟主樓、二棟副樓，而今一部份變成餐廳，主人居住的這棟主建築則成為音樂學生的排練室。

　　主樓南面有一個小庭院，草坪上養了一只山羊，完全不怕生，見了人和相機，歡喜的一股勁直奔而來。末了，它似乎才憶起自己被鏈住了，神色黯然，惹人憐愛得很。

網友回覆:

珍珠

每回經過總會看到那幢特別的建築物,卻從來不知他的來歷…
真是感謝太后努力的喔!!!

● ● ● ● ● ● ● ● ● ● ● ● ● ● ● ● ● ●

BJ5358

上次經過時
聽妹妹說這是宋美齡的房子
所以一群人便在這建築前來個到此一游照
心想回家後再查查資料
看來不必嘍
謝謝太后說明

● ● ● ● ● ● ● ● ● ● ● ● ● ● ● ● ● ●

nefertiti

其實我沒進那房子有點不甘心說
它是排練廳,所以祇要是學生或學校教職員是可以進入的。
下定決心,找天我要找個機會混進去

我的王子，是個感情豐富的魔揭，典型的工作狂。

風箏

-----● 筆者：*sherry*

今天凌晨1:30收到短信 "我想唱風箏給你聽"
是王子發來的，我想他大概又喝多了
撥通了電話，原來他今天有應酬
已經散場了，可是他想唱首歌給我聽
我就這樣拿着電話聽他唱着 "風箏"
電話那頭傳來不太清晰且有些沙啞的歌聲
聽着聽着我的眼眶就濕了
我的王子，是個感情豐富的魔揭，典型的工作狂
感覺敏銳，感情豐富但卻不常用言語表達……
王子，我知道你想借着歌聲告訴我的
我懂！我都懂！
因爲我知道你是個，容易擔心的小孩子
所以我將綫交你手中，卻也不敢飛得太遠
不管我隨着風飛翔到雲間，我希望你能看得見
就算我偶爾會貪玩迷了路，也知道你在等着我
我是一個貪玩又自由的風箏，每天都會讓你擔憂
如果有一天迷失風中，要如何回到你身邊
因爲我知道你是個，容易擔心的小孩子

所以我會在烏雲來時，輕輕滑落在你懷中

我是一個貪玩又自由的風箏，每天都會讓你擔憂

如果有一天迷失風雨中，要如何回到你身邊

貪玩又自由的風箏，每天都游戲在天空

如果有一天扯斷了綫，你是否會回來尋找我

如果有一天迷失風中，帶我回到你的懷中

因爲我知道你是個,容易擔心的小孩子

所以我在飛翔的時候,卻也不敢飛得太遠

不管我隨着風飛翔到雲間,我希望你能看得見

就算我偶爾會貪玩迷了路,也知道你在等着我

網友回覆：

正港臺媽來啦
真心疼你們兩人。
我的胖王子雖然現在已回到身邊，還是常常惹我生氣，
但是因為有以前的分離，讓我知道要好好珍惜。
好好照顧自己喔。

· · · · · · · · · ·

幸福小女人
好美好感動ㄟ

· · · · · · · · · ·

sherry
希望每個人都能珍惜
和自己的王子相處的每一刻
雖然我們不能常相聚,但相知相惜的感動
還是讓我覺得"我是幸福的"

· · · · · · · · · ·

開啟月之光
我迫不及待的想要分享大家在異鄉生活的喜怒哀樂。大
概是第一次吧！一桌全是女人的餐會還眞有些生澀不習
慣。自己有點好笑和ㄚ勢！但我非常高興一下子認識這
麼多優秀的姐妹感覺好幸福ㄟ
Sherry你的辛苦有他懂。值得ㄌ
接下來即將要收獲幸福的果實．．
你們的幸福．．．我也懂！

愛恨交織的上海情緣

● 筆者：糖果媽咪

　　離開上海九個月，再次回到這個讓人又愛又恨的城市，內心的感覺有點復雜。回想起第一次來上海時的心情....一切都是那麼的新鮮有趣，生活起居上的物質享受，不禁讓我興起了來上海工作的念頭，經過約半年的時間，老天爺真的把我帶到上海工作，短短的一年時間，卻讓我有度日如年的感受，心情上的轉變從喜歡到厭惡、到接受現實、到學習如何生存、到以暴制暴、到聽而不聞....一年的上海生活真的讓我經歷了不同的階段，也讓我對上海有了新的定位。我發現自己不再嚮往上海的生活，反而懷念起臺灣的種種，老天爺可能又聽到我的心聲，讓我回到熟悉的臺灣，經過了九個月的時間我又回到了上海......或許是回來的時間選錯了，入冬的上海，真的冷的讓人無法入眠，混亂的交通一如往常，上下班時間依然是一車（出租車）難求，房屋仲界還是一樣各說各話，上海房租仍然貴的嚇人，食物依然又油又鹹，服務員依舊反應遲鈍，糖炒栗子還是便宜又好吃，指壓捏腳仍然讓人上癮....對上海的印象沒有太大的改變，只不過多了些新的房子、新的商店。

　　上海，依舊是個讓人又愛又恨的城市！

離開上海九個月，再次回到這個讓人又愛又恨的城市，內心的感覺有點復雜。

網友回覆：

macoto

上海給你這麼深刻的體驗
真的不是人人都有的經驗
但無論如何
是上海這個城市
又讓你我相遇在這個虛擬的空間
可以吐苦水
可以說心情
可以發泄出你的喜怒哀樂
光是想到這一點
我就覺得

真好......真好......

· · · · · · · · · · · · · · · · · · ·

emmy

嗯，有同感。

· · · · · · · · · · · · · · · · · · ·

JILL

離開臺灣兩年多了,也習慣了這裏的生活
如果忽然有一天要回去....
真不知道那會是什麼狀況!!
反而會有點擔心

上海美術館

● 筆者：*twinsmom*

12.6.2005(二)

今天前往上海美術館

在人民公園邊上的STARBUCKS享用早餐

窗外一棵小紅楓讓我心情愉悅

看似溫暖的陽光及

一群圍坐在露天圓桌旁打毛綫的老太太們

令人忘卻室外的冰寒

看着公園裏來來往往的人

讓陽光灑落臉上身上

一派悠閑的我

好喜歡現在住上海的感覺

好感激每天辛苦工作的老公

坐在這兒曬太陽寫心事

滿懷的欣然感恩

上海美術館原是跑馬場舊址

近年改擴建保留原來30年代英式風格的建築風貌

外觀還蠻吸引人
但作為美術館而言
建築物內部空間的應用與整體的藝術感并不理想
這個月才想到美術館參觀
已錯過喜歡的吳冠中藝術回顧展
目前祇有上海美術大展
參展的是上海地區的作品
我偷拍了兩幅印象深刻的作品

中國紅----
花紅的部份全是用紅底花布卷成5公分長
小指頭粗的小布條貼成的

蕩----
是大展評審獎作品之一站在畫前仿佛臨水
而立真的能感受到水波蕩漾

本頁右上方是美術館旁的明天廣場JWMarriott
透過梧桐樹往上看顯得不那麼咄咄逼人
無意間拍下這張　我很喜歡　與大家分享

網友回覆：

macoto
照片很好耶
我都好喜歡
可以想像在室內看着室外
外面寒冷的空氣配暖暖的室內咖啡香
好幸福阿

・・・・・・・・・・・・・・・

bj5358
相片拍的粉優
音樂很好聽

對阿...我也贊成要感謝老公

回頭再看看這些小東西，也算是記錄下我那段的日子，也算是回憶吧。

我的十幾棟房子

----● 筆者：macoto

因為上次的城隍廟淘寶之行
讓我想起剛到上海的那頭二三年
幾乎天天和鄰居太太相邀一起壓馬路
穿遍上海的大街小巷搜尋一些家裏的小擺飾
那時特別鍾愛木制品（其實現在也愛啦）
看到小店裏有特別的小木頭
大家都趨之若鶩搶都來不及
就這樣一段時間下來成果不少
尤其是小房子
算下來大大小小有十幾棟呢
呵呵
不過都是一些木頭
但是造型啦顏色啦都是完全不相同的喔
有的是小鳥屋
有的是聖誕應景的雪人屋
有的還能掀蓋放雜物
現在在上海市區內
有賣這樣小東西的店漸漸少了
有的店甚至于都不在了
不過回頭再看看這些小東西
也算是記錄下我那段的日子
也算是回憶吧

網友回覆:

smilebats

macoto…你的收藏實在粉可愛耶!

chinglinglee

好可愛喔……
下次要掏寶的時候，我們可不可以做小跟班

nefertiti

哇這些彩繪的木頭小房子，好可愛

在上海

哇~~~
粉美麗喔!!
十幾棟房子唷
眞是大業主喔

趙小媽

看標題以爲你成了暴發戶
原來是小房子，標題夠猛

未央歌

看到標題時嚇一跳，以爲自己有眼不識泰山，身邊竟然
有深藏不漏的<好野人>
這次……厚，夠嗆

. . . .

JILL

這些收集品眞的很可愛ㄌㄟ
去你家都沒仔細看到過
下次要去好好瞧瞧…
下次要去記得帶上我ㄛ

. . . .

Twinsmom

終于了解你爲何那麼會那麼興奮——在看到那些木制聖
誕樹時

掉錢包

--- ● *筆者：上海臺姊*

　　周日去EET上課碰到蘇格蘭人克拉克向我抱怨他掉了錢包！

　　最近老是聽到人掉錢包。經常一起上課的上海小姐Rachel也說掉了錢包。

　　大概年關將至，扒手們也積極趕起業績來。

　　于是上課時我們就聊此話題，加拿大老師問我有沒有掉過錢包？我說起幾年前去外蒙古旅游時掉錢包的經歷,很曲折呢！

　　我去外蒙古是辦理落地簽證，必須繳二張照片和五十元美金。

　　我拿錢包掏錢掏照片之後，顧着填表格，竟然沒留神的將錢包留在那辦公室，後來回到投宿的公寓，翻譯Baya來了，她幫我買來了電話卡，正當我要掏錢給她時才發現錢包不見了，仔細回想得知錢包是隨手放在簽證辦公室的桌上。Baya幫我打電話去簽證辦公室，但是對方答說沒有。我正想打電話回臺北挂失信用卡時，Baya的先生Tamir已打電話找了他在海關的朋友，隔了一會兒他的朋友回電說是找到了，可是要索報酬，我馬上同意付錢，結果對方開價五百美金！我的錢包裏除信用卡外，總共是

最後老師評語說我這麼做蠻明智的，尤其欣賞我還跟對方討價還價

一千一百多美金和差不多等值五百美金的日幣，能找回來算是撿到，不過我還是隨口問一句："可不可以便宜一點？"對方說那就三百吧！于是Tamir夫婦又開車帶我去機場，先去接他的朋友——一位蒙古女士，然後再由她去幫我交涉，取回錢包後那人叫我清點錢包裏面的錢，結果少了美金一百五十元，那人告訴我是機場裏的人拿走的,另外我得給她個人一百元，我當即照付。所以我這一疏忽，一進蒙古國就繳了二百五十元美金的過路費！

聽完我的故事後，同班的韓國小男生說他會去報警，我說那樣的話我就只能跟我錢包說bye-bye了！Rachel則說她會在取回東西後再去報警。我說對方不會承認的，而且這麼做會讓Tamir難做人。最後老師評語說我這麼做蠻明智的，尤其欣賞我還跟對方討價還價！

TIPS
EET國際語言中心的相關信息，你可以在本書第212頁找到喲！

網友回覆：

macoto
天阿
這樣的經驗在我身上
真不知道該如何解決
交涉. . . .
不擅長ㄌㄟ

smilebats
我同學去新疆旅游同行的友人在餐廳吃飯整個包被拎
走..包含護照臺胞證和錢包
隔天包找到了也是被索取報酬
之後的情形和你相同討價還價後還得向同團的朋友借錢贖
回包包......真慘啊!

nefertiti
簡直是勒索耶
不過，要是我，我大概也付錢了事
找回皮夾裏的證件比較重要^^

正港臺媽來啦
因為生性大意
我一天到晚懷疑自己掉錢包
有一次自己皮包拉鏈沒拉也忘了帶錢包

居然馬上鬼哭神號起來裏面有卡有錢....
結果打回家一問
眞是250到家了

● ● ● ● ● ● ● ● ● ● ● ● ● ● ● ●

在上海

臺姊果然很臺姊
臺媽果然很給他臺媽

最幸福的差事

● 筆者: twinsmom

有天看大陸某電視臺重播一個關于外灘18號的
故事
赫然發現兩個高中同學出現在鏡頭前
其中一個因大學念同一所學校還記得名字
另一個怎麼也想不起來祇記得當年她挺俏皮
不是個把頭髮剪得正好齊耳的乖乖牌
節目很快結束我卻看得霧煞煞
關了電視馬上上網查外灘18號
結果看到昔日丙組班同學現在是
外灘18號開發商的市場經營總監

我突然有種想撞牆的感覺
雖然知道自己一直在虛擲光陰
但感覺不曾那麼強烈
人在40歲的作爲看他20到40歲的努力和際遇
這些年來一事無成
心裏着實五味雜陳
不過回頭仔細想想

在平凡裏欣賞朋友的不凡處
可以是一種激勵，也是一種
喜樂。

人的經歷與作爲還是與性格息息相關
沒什麼好懊悔與報怨的
各人頭上一片天
知足最常樂
很高興自己身邊總有一些認眞生活的人
在平凡裏欣賞朋友的不凡處
可以是一種激勵
也是一種喜樂

我一向不是個一心能多用的人
旣然走入家庭而且最重要是有了小孩
外面的一切變得不再重要
我不願冷落我的小小孩
或許等他們變成大小孩以後我能再做些什麼
但現在全心全意的照顧和陪伴他們
是我最幸福的差事

網友回覆:

macoto
我看的出也感覺的出
你現在很認眞的過着每一刻和孩子們相處的時光
雖辛苦但滿足
這樣不就是最幸福的事了嗎
這就夠了　眞的．．．

趙小媽
在平凡裏欣賞朋友的不凡處

nefertiti
我也常常在電視上看到自己的同學,
在報章雜誌上看到熟人
每人頭上一片天
做自己愛做的事,最幸福

bj5358
嗯..擇其所愛,愛其所選...
大家都很幸福

上海小店巡禮——新樂路

----● *筆者:珍珠*

　　上海是一個發展中的時尚之都,在這個城市裏理應藏身許多好店好貨在其中,但我們卻常常因為這裏的購物交易習慣,失去了去尋覓的愜意……

　　上星期的某一天,難得的陽光普照,外面的空氣似乎正在呼喚我該出門走走,便與朋友享受完一頓美妙的中餐之後,漫步街頭。

　　我們順着南京西路大拐陝西南路,沿着威海路到延安西路,霎時被某個當地小區門口鑲着一塊大石區迷住,原來這個小區裏曾經住着十位名人,其中我們最為熟悉的當屬徐志摩與陸小曼,于是信步走進小區想要一探原貌,發現淳樸小區的建築都非常吸引人,只怪當時手邊沒有相機可以作為留念。

　　穿過小區來到巨鹿路,便開始我們小店巡禮,頭一家小店從外觀并不出色,一進門卻發現早已有二位外國友人正在購物,這家店的特色是他匯集許多知名品牌的小禮服與知名鞋款的樣板鞋,雖說價錢比正品便宜許多,但也絕對沒有以為的便宜……

　　從巨鹿路彎進富民路,眼前出現的是許多小店的連結,每一家小店都擁有自己獨特的風

格，當我奇怪着有幾家店誇張服飾的出現時，我同時也發現了原因，原來這裏存在着幾家黑黑小小別有洞天的休閑美容院……

沒有目的隨性的逛街，可以意外發現許多有趣的人與事物，在長樂路上，我們發現一間有如童話書裏的小城堡，尖尖的屋頂，小小的露臺，若不是旁邊人聲鼎沸，會讓人誤以爲置身在美麗的童話世界。

之後我們來到聞名已久的新樂路，這裏絕對是喜歡逛街人挖寶的好地方。一整條街都是密密麻麻的小店，有需要進出老房院子的名牌二手店，有生意興隆的外貿店，有商品鮮艷華麗的服飾店，有懷舊古老的古董店，每一家店都讓我們流連忘返……

就在我們要打道回府之時，我發現一家很具中國風的小店，二話不說即往裏邊衝，我就好像進入小花園一樣的開心。在這裏不但衣服漂亮，最特別的大概就是她店裏的小姐，她不像一般的店員總是在你身後打轉叨念，她由着我自己挑選盡量試穿，當我考慮要買哪一件的時候，她還建議我買比較便宜的那件，原因是相同等級的東西，都是中國人當然是要買便宜的，外國人要燒錢就由着他買唄！眞是豪邁的性格啊！！

網友回覆:

nefertiti
珍珠妹妹,
好有趣的一次市區探險,
以後我也要跟啦
. . . .

macoto
不錯喔
珍珠妹妹
值得表揚喔
. . . .

twinsmom
我也抄下來了我對那個小區很有興趣謝謝
. . . .

smilebats
真棒..發現新天地咯!
被你說得好心動..
我已經把你說的路綫抄在筆記本上了
謝謝你!

油畫習作(1) 12月21日

--- ● 筆者: 劉家太后

2005年12月21日第二堂油畫課時,完成了生平第一幅油畫習作。

習作臨摹EdouardManet在1882年所繪制的FlowersinaCrystalVase。Manet原畫由美國華盛頓NationalGalleryofArt所收藏， 因此上課時只能參考畫冊的圖片。

初學油畫,又有將近二十多年沒拿過畫筆了， 百分百篤定自己畫的并不好， 不過終究是個紀念， 所以還是貼在日志，并請油畫前輩多多指教。

網友回覆:

macoto
太后
你太謙虛了
畫得很好耶
你應該對自己有信心一點
期待你的下一副作品喔
● ● ● ● ● ● ● ● ● ● ● ● ● ●

趙小媽
太后厲害!!
● ● ● ● ● ● ● ● ● ● ● ● ● ●

珍珠
太后，你畫得很棒ㄌㄟ……
● ● ● ● ● ● ● ● ● ● ● ● ● ●

smilebats
這是你生平的第一幅畫作?那就是說你從未學習過油畫..
實在太驚人了~好有潛力啊!!
畫得真是太棒啦!!!!!
● ● ● ● ● ● ● ● ● ● ● ● ● ●

Nefertiti
多謝各位美女,請來領糖果
上油畫課時,老師會輪流到每個人的畫板前檢查修正,不過
即使修正後，還是有很多細節沒處理好，像右邊的葉
子、背景......我自認都畫的不太好耶
過一陣子,學畫久一點，功力稍好一點時,我打算再來修改

這一幅習作。
謝謝大家的鼓勵

. . . .

上海笑長

哇！你們的油畫眞是。。。。棒！
是不是那天我提供場地請你開個作品展
讓大家都能欣賞
眞的哦！

. . . .

蘇武

才德兼備的太后，
不知我可否有榮幸收藏你的畫作?
聽說收藏畫家的作品，有一天會水漲船高

. . . .

Nefertiti

靑蛙大人過獎了
小女子的畫遠遠不及大人您的「大花」，
「大花」構圖簡單中見不凡，紅花綠葉，遠山靑翠，
色彩強烈，童稚的精神自在揮灑

. . . .

蘇武

太后，
　千金易求,知音難覓,
　承蒙你如此賞識"大花"
　我就把她送給你,
　唯一的條件,
　希望你將"大花"挂在你家客廳明顯處！

Nefertiti

大人您眞是太慷慨了
無功不受祿,這份厚禮我哪能收
請大人將「大花」擺在你家"客廳明顯之處"
我以後到貴府參觀

● ● ● ● ● ● ● ● ● ● ● ● ● ● ● ●

蘇武

太后,
您玉體尊貴,怎敢勞動大駕,
微臣親自送過來了,
請笑納!!

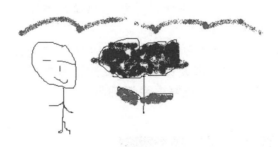

注:
Nefertiti(太后)這篇油畫習作創下博客網文章點擊率記錄,
網友回復互動也創新高^ ^

珍珠的油畫——第一幅

- - -● 筆者: 珍珠

　　最近發現好多油畫的愛好者，也發現好多正在學習油畫的同好，真是開心！

　　當初憑着自己一股傻勁，在閒晃中，找到一位在泰康路有個人工作室的畫家願意指導我，雖然他只是任由我自己天馬行空的畫，但經過他細心的修改與講解，這半年的學習也讓我逐漸地對油畫有了另一層的認識。固然現在已經沒有拜師學藝，但偶而還是會自己拿起畫筆隨心所欲的畫上幾筆……

　　這半年最大的收獲莫過于有許多自己的作品，每當聽到來家裏作客的朋友對這些畫作有所稱贊時，總掩不住嘴上淡淡的微笑……

珍珠的第一幅油畫↓

網友回覆:

nefertiti
珍珠學姐
你色彩比我好耶，我的油畫老師常說我畫畫不夠大膽。
學畫之路互相勉勵

. . . .

正港臺媽來啦
哇珍珠你畫的好好
很有個人風格
真人不露相呢
一出手就不同凡響

. . . .

macoto
哇
博客網裏臥虎藏龍喔
大家都身懷絕技耶
告訴你們
我家笑長也很喜歡油畫
然後也會到處看畫買畫
家裏公司到處都看得到他買的畫
珍珠
你畫得真好

. . . .

趙小媽
厲害

上海笑長

有一就有二，無三不成禮！
加油!請多放些作品給大家觀賞哦
找一天邀請您和太后到我的學校辦個作品展
也許下位畢卡索就在臺媽臺姐博客網裏哦

・・・・・・・・・・・・・・・

珍珠

笑長,
你真是愛說笑...我可不想像畢卡索一樣神經質啊~~~

・・・・・・・・・・・・・・・

真米

好厲害喔~第一次是比就有這樣的作品，不簡單喔，大學
時有修畢卡索和梵谷的畫作，光綫、距離、擺設、顏色
對比，皆是學問喔~有這樣的作品..嗯...不錯喔~^^

當她踏入家門的一霎那，從彼此的眼神交流中竟然有初戀的感覺。

似曾相識燕歸來

----● *筆者：蘇武*

跟嫦娥結婚10多年了，

期間不免有爭執，但總體來說感情還是不錯的！

10幾年來，每天見面，

分開的日子加起來不會超過20天，

這其中包括有一次嫦娥跟朋友出國去旅游，

當她踏入家門的一霎那，從彼此的眼神交流中竟然有初戀的感覺。

有一次，幾個兄弟在一起閒聊，

突然有人開啓話題，"下輩子你還要娶你現在的老婆爲妻嗎？"

老吳說：我就算當和尚也不幹！

阿正說：我要變成女人,嘗嘗紅杏爬牆的滋味……

我說：我還想！！

當場吐了滿地！

但是，我眞的想！

我覺得一輩子的時間不夠來跟嫦娥相處！

後記：

今日欣聞臺媽臺姐博客網修復，想寫一篇日志來聊表心意，

無奈多日的夜晚沁涼如水，觸動我柔軟的神經，竟然寫出這樣一篇⋯⋯

無論如何，誠心恭賀博客網修復，

另外，建議大家不要在吃完早餐後立刻觀看此篇文章！

網友回覆：

趙小媽

騙人
嫦娥不要再受騙了
· · · · · · · · · · · · · · · ·

macoto

蘇大倫
你...你這叫我要如何回應呢
謝謝你對博客網修復後的捧場
但....但我就是在吃了早餐後看這篇的啦
吐了我一桌
總之
看到你的文章重現在博客網
開心
· · · · · · · · · · · · · · · ·

珍珠

蘇北北,你是不是又喝醉啦~~
雖然文章內容看起來很感動但就是不知道哪裏奇怪...
仔細一想,猛然發現...原來是寫這篇文章的作者不對!!!
不過還是希望可以常常在博客上看到你寫給嫦娥的情書與
嫦娥生活的心得感想.唉!!女人就是這麼好騙~~~
· · · · · · · · · · · · · · · ·

bj5358

眞感人...希望你說的素眞的

jessicasoong

蘇北北
眞有你ㄅ
想必今晚又喝多了吧
才會打翻你一番柔情
不過 偶還素粉羨慕ㄝ
聊勝于無
偶一定要去押偶ㄤ來看看這篇

● ● ● ● ● ● ● ● ● ● ● ● ● ●

葉子

我已經被蘇北北騙了一輩子
不在乎下輩子繼續被騙……
珍珠妹妹說的對
女人就是這麼好騙
嫦娥

執子之手與子偕老

- - - - ● *筆者：葉子*

我們都知道
所有童話故事的結局都是
王子和公主從此過着幸福快樂的日子...
但在我心中
最美的愛情故事也是我最嚮往的
卻是
當白髮蒼蒼時
他還願意伸出那隻寫滿滄桑卻剛勁有力的手
去握住另一隻同樣讓歲月留下無數痕跡的手
相互攙扶走在夕陽餘暉下
不時頷首相視而笑
幸福生活的真意盡在其中

昨天我家老爺心血來潮寫了一篇
"似曾相識燕歸來"
于是一些朋友好奇的問我
嫦娥...下輩子你還願意嫁他為妻嗎?

我願意!!
如果真有來生
如果真有足夠的緣分及福分
願來生還能執子之手與子偕老
相濡以沫共同度過!

常娥 ^^

我也來段後記:
　　建議大家別在空腹時觀看此篇文章
　　以免吐出胃酸!

網友回覆：

上海臺姊
哈哈哈!
我本來也想"虧"一下的,後來看到後記自己先自殘了,就放
你一馬!
不過,賢伉儷如此率性表演,其他的臺爸臺哥們可以見賢思
齊焉咯!

macoto
上次是吃早餐時看蘇北北那篇
阿是怎麼樣啦
現在這篇又是在我中午飯沒吃的情況下看的
厚
超超超.....
真是夠了你們夫妻二個
祇羨鴛鴦不羨仙ㄟ

趙小媽
抗議!!抗議!!抗議!!
今年的級肉麻獎就頒給你們夫妻啦!!

上海笑長
哇! 小媽你每次的說話都給我靈感
"臺媽臺姐博客" 應該來辦個年度獎給大家
是不是在太太新天地來辦個投票,我想這對夫婦一定也
是榜上有名

珍珠

原來這對老夫老妻多年的生活情趣就是靠網路情書啊
~~~眞是浪漫ㄋㄟ!!
衹能說這招小妹偶學不來啦~~~給你們鼓鼓掌
"小肥楊，偶好愛你喔!!"

夜之旅人

眞佩服你們夫妻的文筆...寫的眞好...眞情流露...文句
通暢....

bj5358

那你們將來一定要互相做好印記
以便來世尋覓到對方容易些
祝福你們
眞感動

蘇武

在我們剛開始認識的時候,
就在彼此的心中寫下千百遍對方的名字,
記號早就做好了!!
~需要肉麻點,再跟我說~

冬日西湖——小游

----● 筆者: BJ5358

前天又跟着老爺去杭州，

這一回，一位同事的太太也有去

所以我們二人便結伴同行，去西湖走走

前天的西湖籠罩在霧中

所以看不清湖上的游船

更遑論看得見雷峰塔咯

冬天的西湖

游人更加稀落，讓西湖恢復寧靜的美

林間…草坪的小鳥兒

似乎不畏風寒

此起彼落，清唱回應

好安祥的感覺

我與友人漫步林間

閒話家常…分享心情…

偶爾練習手語…

原本圍着圍巾的二人

因為走路

全身暖洋洋，不再覺得冷

庇蔭 /B. J. 20051229

柳葉已落…垂柳等待春日發新芽…

爲什麼樹幹要塗白漆呢？？

原本以爲是棵假樹，沒想到是眞的

這是一株還在過秋天的楓樹

紅艷艷，煞是美麗

以前特地去奧萬大沒看到

沒想到竟在無意間

在沒想到的季節…親眼見到…眞是有緣阿…

看到一個可愛的景象

這個季節的草坪，多已變成黃土色了

可是我發現這株桂花樹下的小草，卻靑翠异常…

而且生機蓬勃

這塊靑翠的草皮剛好如同樹枝伸展而出的圓形大小

我不禁聯想

我一直以爲在大樹下的小草會因爲曬不到太陽，

而長得比較短小

可是沒想到

或許大樹也爲小草遮蔽了一些冰霜…可避免其凍傷
呢…

有意思…

網友回覆：

nefertiti
好美的紅楓
● ● ● ● ● ● ● ● ● ● ● ● ● ● ● ● ●

twinsmom
好鮮艷漂亮的楓樹我一向喜歡楓樹楓葉所以眼睛為之一亮
好棒的西湖行！
● ● ● ● ● ● ● ● ● ● ● ● ● ● ● ● ●

macoto
沒想到冬日的西湖邊
讓你拍出這麼美的照片
真的好漂亮耶
你不虛此行喔
樹幹塗白漆好像是要防寒
你以後會常看到所有的樹都這樣啦

注意!浦東機場沒有賣這東西!

　　離開臺灣七個月了，對于這次過年返鄉探親充滿期待，也許是太高興了吧，我的赫爾蒙竟然悄悄的起了變化…。

　　除夕全家在上海過了一個浪漫的夜晚，在金茂君悅享受一頓佳肴同時俯瞰大上海夜景，此起彼落的烟花煞是美麗，回到家裏已經是新的一年，雖然隔着窗簾但房間仍光燦燦的反射出滿天的烟花鞭炮，翻來覆去睡不着索性將窗簾拉開躺在床上欣賞滿天的火樹銀花，很幸福，也很浪漫！

　　因爲怕塞車影響本姑娘回家，所以早早前往機場，初一的上海霧大到讓人害怕，才不管他什麼詩情畫意ㄅㄟ，害怕飛機不起飛我又回不了家了(此行回臺機票是很不容易候補上的，若因天候問題延誤；我…我…不甘心啦)，就這樣心情七上八下到機場，一家人衝向櫃臺辦好登機手續，同時知道每班飛機都正常起降，我的心又開起春天的花朵了。

　　等候在登機閘口前，想想應該先上個廁所，怎知！我大姨媽提前先來上海探親了！天哪！行李都托運了，我又提前登機，在浦東機是浦東機場沒賣，才讓我用如此的方式沿門托鉢！又彌陀佛！

場要待三個小時，這下該如何是好？鎮靜下來沒關系，買唄!誰怕誰啊!我認識大姨媽幾十年了關系好的很ㄉㄟ。

　　稍事整理一下，先到專賣亂七八糟的免稅品商店（有茶葉、拖鞋、絲綢睡衣、畫、巧克力那一家），我想這家一定有賣，夾着雙腳走路逛了半天假裝顧客東摸西看，最後硬着頭皮抓着一個服務員到牆角輕聲問他：「可有衛生棉賣？」，這服務員很有趣，他躡手躡腳的拉着我到她們倉庫邊上小聲的告訴我：「這機場都沒賣，但我還有幾個給你一個應急」，真感動！拿了這一塊「中央黨部」如獲至寶，但是不夠啊!（我不確定機上有沒有所以想先準備着）

　　于是我又逛到貴賓候機室，一進去與櫃臺接待服務員確認身分後沒進去使用的意思，我又偷偷交頭接耳的問她：「貴賓室可有提供衛生棉？」，她同樣悄悄的與我交頭接耳回答：「沒有！但是我現在也是，可以送你一個！上次有個外國女子也是這樣！」，太好了又有一個，算算再弄到一個應該夠了！（不能怪我！我要買啊！是浦東機場沒賣，才讓我用如此的方式沿門托鉢！又彌陀佛！）

最後又跑到登機口賣書、礦泉水的花車攤位，用同樣方式取得第三塊「中央黨部」，呵呵！安心了！剩下的，再到香港機場屈臣氏一拼解決。

　　雖然很丟臉，通過這機場事件，我一定要告訴各位，請在親戚將來訪的日子隨身攜帶幾塊「中央黨部」再登機，浦東機場沒有賣！不然到時候沒有像我的幸運弄到三塊應急，最後只能用到小孩的幫寶適咯。

p.s

1、後來知道飛機上有提供，但候機及轉機時間仍請眾家姊妹自備吧!

2、強烈建議浦東機場管理局一定要賣這樣產品，照顧祖國廣大婦女同胞

網友回覆:

在上海
我突然想到很害怕…
改天陪我婆婆看新聞的時候
聽到新聞報導說——"中央黨部"
我一定會"噗ㄘ"給她笑出來

然後笑倒在地上滾來滾去滴~~~
我家婆婆還會在旁邊用奇怪的眼光看偶
奈A突然變成"多爾袞"…
金害ㄋㄟ…
這…這…這…叫我如何解釋

• • • • • • • • • • • • •

emmy
機場有個屈臣氏啊!
我記得那裏有在賣啊!
不過我通常也是會在包裹放一個。

• • • • • • • • • • • • •

薰衣草
眞的嗎
我夾着腳行軍300公里
仍舊沒看到啊
眞鬱悶ㄌㄟ

• • • • • • • • • • • • •

jodie
我覺得心情不好的人
看到這篇心情肯定會好一些

薰衣草

對啊
薰衣草
有鎮定消炎的功能

- - - - - - - - - - - - - -

葉子

飆淚女王macoto剛剛特地call我
要我務必上來一起飆淚
但我粉貪心
薰衣草倫家要你原音重現一次
偶想到時候不只飆淚....在場的全部失控
全變成多爾滾

- - - - - - - - - - - - - -

nefertiti

"中央黨部"聯合勸募,
哈,真的很好笑
浦東機場好有人情味

- - - - - - - - - - - - - -

薰衣草

太后
浦東機場賣名牌包的
人情味較不濃
這我沒提
賣雜貨的卡古意
以後有需要請徑洽
機場雜貨免稅店

- - - - - - - - - - - - - -

smilebats

薰衣草..你實在太寶了…
""中央黨部""虧你想得出來

薰衣草

阿貝：
那跟"包大人"的意思一樣
據"說文解字"析
古時候
那是一塊擋在中央的布
到現代政黨政治後
將政黨權力機構引申為"中央黨部"
了嗎！
是先有"中央擋部"
後有"中央黨部"
這回答滿意嗎？

● ● ● ● ● ● ● ● ● ● ● ● ● ● ●

bj5358

好樣的
明明一件急屬人的事情
經你道來
輕鬆
爆笑
有趣極了

隨手拍之我家附近

筆者：蜂蜜豬

今天拿老公的牛仔褲去修改。順便趁着陽光普照的好機會。拍了一些住家附近的照片。剛好也可以用來豐富我的博客日志~

←這是通往附近菜場的一條羊腸小徑~照片左手邊是一間間的民房。大都是租給外地來打工的人，聽說一個月租金不到人民幣200。很便宜吧~但是這裏面當然就不會有個人衛浴、廚房。有的只是1張簡單的床。幾張能坐的椅子而已……右邊呢，其實種了一排不知名的樹木。到了春天開始冒芽時草木散發出的生命力。讓我很喜歡每天都走上一回，感受那種久違的溫暖~

→這是菜場裏賣辛香料的小攤~薑、蒜、乾辣椒、

我感受到了旺盛的活力與韌性。雖然有時候是粗鄙的，可是卻是最真實的

肉桂、八角……都可以在這兒找到~要拍顧攤的大叔時，他還羞赧了起來，直說"拍我攤子就好了.別拍我啊！"嘿嘿，相機在我手上，所以……噓，別告訴大叔喔~

←這一整排都是水果攤，有五、六家吧~可愛的是每家賣的都一樣，不外乎是桔子、蘋果、香蕉、梨……但是價錢每家都不一樣!我喜歡夏天來買水果，因為氣溫高的關系，所以只要一踏進這條小街，撲鼻而來的盡是各種水果的香甜味。有時是鳳梨，有時是西瓜……可是"閃蒼蠅"的功夫要練好倒是真的！

→這位就是修改衣服的阿姨了~在人行道上擺着一部縫紉機，簡單搭建的桌子，客人坐的椅子，以及一份老經驗。就開始她忙碌的生意了……我觀察了阿姨幾次，每次看到

她都是挂着笑臉，愉快輕柔地和客人聊天，不知不覺會讓人忘記等待是漫長的。從阿姨臉上的笑紋看來，我猜想她應該是1位樂天知命，認真過日子的人吧！

←這二位做生意的大叔趁着空檔，就在旁邊下起棋來了~小鐵桶、紙板，都是隨手可得的道具，但就是能如此車馬炮一番……而旁邊的第三位大叔足足在那兒蹲了有20分鐘吧，一句話也沒插，真的是觀棋不語的"真君子"啊~

這是一個不同于市區小區的"小區"。但我卻從這些人、這些事中，感受到了旺盛的活力與韌性。雖然有時候是粗鄙的，可是卻是最真實的~

好啦~今天就介紹到這兒，希望大家還喜歡！

網友回覆：

趙小媽

不錯喔，我喜歡這份溫馨恬靜的感覺
你到底住哪裏啊？？

bi5358

對啊
你是住在哪裏啊
非常寧靜淳樸的感覺

macoto

你這樣就對了
給你拍拍手
要當城市小游俠
這是個很好的開始
日後你看着這些記錄回味起來
一定不會後悔你曾經有這一段歲月

蜂蜜豬

to：小媽、bj5358~
我住在嘉定區，在南翔(小籠包)，安亭(賽車場)這邊。
算還滿偏的啦！

to：macoto~
謝謝你~
我正朝着"小游俠"目標邁進喔！

我的新發明——敷臉

---● 筆者: 在上海

看到標題不要嚇到
也不要胡思亂想
我幷沒有發明蝦米改善膚質的敷臉新配方
也沒有找到蝦米特優的面膜
不過最近我眞的非常的勤勞
很努力的愛護我的臉
這實在是前所未有不曾發生的事情
去年在一位好友的推薦下
買了一堆的面膜、眼膜……
現在的商人實在很厲害
從臉到腳都有"膜"可以敷喔
基本上我很少使用這些東西
早晚能夠不忘記搽乳液都很偷笑了
去年回臺灣
當然要和好友們見面吃吃喝喝一番
但卻發生了一件非常意外的事情
對于我的皮膚
我的好友非常的有意見

突然…靈光乍現！！
給他一次貼一個眼睛……

惨遭好友非常猛烈的攻擊
該開始保養啦…
女爲悅己者容…
我當然也很努力的抵抗她的攻擊
我沒有那麼勤勞啦
冬天很冷耶…
明年天氣變熱了再說…
但是…很不幸的…
還是不敵他的攻勢
準備好我的信用卡乖乖的在她從容的指揮下
從面膜開始采買到了手膜、眼膜…樣樣俱全
聽着售貨小姐舌燦蓮花的介紹
這些OOXX膜的神奇效果
還有好友的催眠
開始對自己有着無限的期許
充滿期待的從臺灣搬了一堆OOXX膜回來
好友還不忘再三的叮嚀
要記得隔一天就要敷一次
唉……朋友太熟了實在是不好
回來的那個星期我非常的勤奮

努力記得找時間使用

乖乖的每隔一天就敷一次

然後就依然故我的過着記得搽乳液的太平日子

這些面膜就被遺忘在櫃子深處了

今年過年我們沒有回臺灣過年

也沒有大批人馬從臺灣趕上海來過年

雖然人變少了感覺有點冷清

但我也總算過了一個不用天天排着行程拜年的
年

突然……

感覺有點無聊　沒有事情做

東摸摸西晃晃到處找東西玩

我的這堆OOXX膜

終于重見天日

可是我又發現一個討厭的問題

當我貼眼膜的時候

說明上說20分鐘後要拿掉

可是…兩個眼睛都閉上我哪還知道20分鐘到了
沒

還有…兩個眼睛都閉上這麼久不睡着…

可能很難
哪裏還記得爬起來將它拿掉
嘿嘿嘿…
突然…靈光乍現！！
給他一次貼一個眼睛
先貼左眼等20分鐘後
我再來貼右眼
哈哈哈…
雖然變成獨眼俠
蛋素…
這樣子我就還是可以上網胡說八道
看DVD　　在家裏亂晃
YES!!
厚厚厚~~~
金正聰明啊！！
這就是我的新發明啦！！
和大家分享！！
哇哈哈…

網友回覆:

葉子
偶剛剛用你新發明的方法
給他做了獨眼俠10分鐘
也是家裏到處晃阿晃
只有10分鐘喔~
已被連續嚴重警告5次...
所以蘇北北特地提了一個建議要我轉告你
他建議...用此眼膜連續獨眼敷上半個月
...(也就是請你做半個月的獨眼俠試試!)
馬上就可以知道膚質有無明顯改變!

• • • • • • • • • • • • •

在上海
我家老爺剛開始也是用很特別的眼光看我
不過...好像已經適應了柳
偶是本着－－－
有燒香有保佑啦!!
偶也不知道到底會不會有效果

• • • • • • • • • • • • •

趙小媽
做獨眼俠??
這樣一閉一張會有效嗎??
皮膚沒有呈現平衡穩定狀態不要越弄越糟

在上海
我眼睛沒有閉得很用力啦
目前看起來還好耶
要特別謝謝趙小小的啟發
● ● ● ● ● ● ● ● ● ● ● ● ● ●

macoto
氣質美女
你是想換做哈比派娛樂組長嗎
搞笑ㄋㄟ
● ● ● ● ● ● ● ● ● ● ● ● ● ●

在上海
物以類聚
看來薰衣草的滲透力蠻強的
厚厚厚~~~
要小心…
● ● ● ● ● ● ● ● ● ● ● ● ● ●

薰衣草
JUJU
娛樂組長換你做啦
你降子走來走去家裏人沒意見嗎
● ● ● ● ● ● ● ● ● ● ● ● ● ●

bj5358
ㄏㄡ…俗在粉搞笑
那眼睛根本沒有休息嘛…
原本是希望你可以鬆弛一下下
你還讓你的眼球如此忙碌喔
可不可以請你做個實驗
一眼不要貼一眼貼
一個月
做個對照組比較

我還是喜歡台灣的小黃

--- ● 筆者: *ivon*

下班的尖峰，我得從漕河涇趕到徐家匯去看牙。

請同事幫我叫輛出租車。

"10分鐘，3257強生的。"

公司在十樓，電梯又很慢。

我整理好桌面,抓起包包就往下走。

　一到樓下，看到強生小黃開了車門一屁股往裏坐。

"我姓洪，到南丹東路........."

"不是，不載，我等姓孔的........"　哇勒！

我開了門下車再次確認車號，故意不關車門，拿出手機，火速打回辦公室確認。

這時他老兄竟顧不得車門末關，就把車往前徐徐開了五米。

<大概深怕我強要上車。>

我怕他開走竟在後面追了起來。

還走到他駕駛座車窗，一面確認，一面努力說服他"洪"−−"孔"的音相似........

經過幾翻確認他終于相信，我就是他字幕上的孔小姐<但我真的姓洪>

每次回到中正機場，下飛機進
關前的那一片黃色車海，總是
令我一陣興奮。

上車後他一再解釋，但語氣和內容都理直氣壯

我一路沉默。。。

<八年前剛來上海的本姑娘，可能會跟他大吵一
頓，多年來我已練就一番好脾氣。>

哇 要不是車難叫，我才不委屈自己勒，我才不
讓人把我改姓勒。

我要臺灣的小黃啦!

<每次回到中正機場，下飛機進關前的那一片黃色車
海，總是令我一陣興奮-----------我回來了>

網友回覆:

mimi

我剛來的時候也很不習慣，在東京上下車根本不用自己開車門，司機也都很有禮貌。以前有時候回臺北還會抱怨，現在想想真的比這裏好多了～

這裏的司機可能是口音的問題，感覺上每個人都凶得不得了，剛到上海時真的不太敢自己坐車。

● ● ● ● ● ● ● ● ● ● ● ● ● ● ●

未央歌

上次回臺灣，老二請吃飯，我和深海動物匆匆忙忙從南京東路五段打ㄉ到長安西路；哇哩！一共140塊<臺幣>。我一直念，好貴，好貴，被司機白眼；

本來就很貴啊！折合人民幣，我可以從盧灣區打ㄉ到古北家樂福還有找哩！厚，游車河也能坐半小時了耶！

臺北小黃，你真ㄉ就是粉貴嘛！

● ● ● ● ● ● ● ● ● ● ● ● ● ● ●

上海笑長

回臺搭計程車最不適應2件事
1.會叫"師傅"當我要到那。。（馬上被認出是臺客）
2.好像臺幣幣值很大，一下子就是120--200元好貴啊！

獻醜了——
我的第一個蘇繡作品

----● *筆者：粉紅娘子*

一直都對手工藝粉有興趣，
雖然做得都不算挺好，
反正我對自己的要求也不高，
還是做得粉高興。
來上海後學了好一陣子的拼布，
後來聽朋友說有個可以教蘇繡的老師，
心裏便躍躍欲試。
過了幾個月，
下定決定請她回來教。
經過了幾個月的奮鬥，
終于有了第一個作品。
蘇繡最困難之處在于看布的紋路和配色，
而且只能在陽光下工作，
任何燈光下都看不清布的針孔的，
所以只能在白天繡…
完成第一個作品之後，
第二幅繡的是梅花，
但繡一半就停住了，
至今尚晾在那裏，尚未完成，
希望這不會是我最後一個作品，
但蘇繡，實在是太傷眼力了！！！

網友回覆:

jodie

实在是粉厉害喔

再加油！！！我们还想看第二个作品

* * * * * * * * * * * * * * *

ivon

天丫 手好巧ㄛ

鼓掌

* * * * * * * * * * * * * * *

smilebats

好美啊˘˘

第一幅作品就这么棒之后的更不用说了

粉红加油!!!!!期待第二幅新作哦˘

* * * * * * * * * * * * * * *

薰衣草

粉红娘子,手真巧ㄋㄟ

我一辈子也绣不出来你这作品。佩服!

* * * * * * * * * * * * * * *

幸福雅

I think great!

好的開始~

堅持你所愛，愛你所堅持~

* * * * * * * * * * * * * * *

mandy

偶在粉紅家親眼看過原作唷~~~!!!

粉紅…贊!!!

我腦子一片空白~
我不敢相信我冒着寒冷走出
了十分鐘換來的答案

眞是吐血的晚上啊

----● *筆者：Elian*

今天晚上
老板有個飯局
我也就利用一些小空檔
去逛了下新天地
去年去過一次
也是三月
變化好大
只不過
逛得很不開心
一路上都有男的女的要我買面包給他們吃
說找不到工作
第一對~我還勉強微笑說不了~
第二對~我只好跟他們說~我自己也都還沒吃呢~
第三對~我就講起英文了~
眞的會昏倒
記得去年來這兒
沒這麼嚴重的呀
嚇屎倫了
晚上回到旅館

想說泡一碗老板推薦的辣白菜泡面~

一拿出來

才發現~咦~怎沒拿到筷子呀

于是穿上風衣

冒着寒冷

走了十多分鐘到了大馬路上

進了一家便利店~想說

買雙筷子也怪~

就忍痛再買包泡面跟他要雙筷子吧~洗乾淨再給他用上個幾天~

老板~可以給我筷子嗎~我不急不徐面帶微笑的說着~

只見那店員冷冷的跟我說~要啥筷子呀~打開蓋子裏~都有附了~

當下

我腦子一片空白~

我不敢相信我冒着寒冷走出了十分鐘

換來的答案是

原來我房裏的杯面三碗打開就有三雙的殘酷事實

好個上海

真的快要氣到去趕羚羊了咩~

網友回覆：

mandy
描述得真生動…

粉紅娘子
雖然是粉悲慘的經驗，
但經過你精彩的敘述，還覺得挺好笑的。
多寫一些來分享吧！！！

macoto
Elian你以後會常來上海嗎
感覺你的經驗超….經典的
期待再看到你的文章喔

ivon
來出差的同鄉們大概比較不能適應這樣的情況
也對啦!一個國際都市怎會有這樣的事呢?
我以前也是一直吐血,後來思空見慣也就好了

美滿人生
哈哈……
我也有過這種經驗喔。
那表示我們(或媽媽)都很盡責，很幸福。
因為我們很少買這種東東。

淚

---● 筆者: macoto

你問我為什麼要掉淚

淚

從來都不是我喜歡的

就算是看了電視上令人感動的戲淚會不自主的流下

都覺得自己像個十足的傻子

你說我感情豐沛也好濫情也好

也或許是沒用也好

淚

在這些時候通常會爬上臉頰

所以我寧可選擇快樂的淚

笑到流淚總比心痛的淚好

心痛的淚會讓心沒辦法呼吸像壓塊大石頭沉重到無
法負荷

心痛的淚會讓人想躲起來即使外頭陽光燦爛卻照不
到心房

我痛恨極這種感覺

所以我喜歡笑

笑的傳播力是驚人的

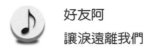

好友阿
讓淚遠離我們

笑能讓心不累即使身體已經累到走不動手抬不起
笑能讓人即使在陰雨連綿的天氣裏還讓人心曠神怡
所以
好友阿
讓淚遠離我們
我只要你笑我也喜歡看你 笑
常想我何德何能
在我身邊的每一個人都如此的疼愛我
所以我要更努力讓日子活的精彩
讓笑容永遠都掛在我的臉上占滿我的心頭
給我的好友……

網友回覆:

薰衣草
會的!

子坊
寫得真好!頂啦....
要高興哦...

smilebats
好令人感動哦~
難怪初見macoto就被你的笑容給迷住啦!!

趙小媽
會的!

ivon
我最喜歡和你,薰衣草,juju,......一起笑到飆淚了

jann
身為你的朋友
感謝你
令人動心
寫的真好

在上海
熊熊忘記你是HAPPY派教主了唷!!
BE HAPPY!!

bj5358
笑的確可以活化細胞
口試~~有時流淚可以紓解過大的壓力
發洩完了
眼淚擦擦
再以微笑迎接新的時光
哈哈哈~~~~

蜂蜜豬
第一次見到教主的感性~
但是你是happy派喔。
一定要帶領教友們笑的飆淚啦……

美滿人生
不知名的孩子他還要問，你的眼睛為什麼流汗?
最近不知為何常在看書、看報、電視時，
眼睛會蓄滿淚水，
憂鬱症的先兆?
還是真的必需承認老了，感情太豐沛?

上海妹子
淚水可以洗洗眼睛的唷
所以我們都在等教主你飆淚啦

有一種叫做<幸福>的青鳥

---- ● 筆者：未央歌

四年前剛來上海的時候，真的很不能適應；那時是多天，又帶着一個一歲多的女兒，人生地不熟；每天最快樂的莫過于下午四點鐘阿姨來打掃和煮飯的時候，有人可以說說話解解悶，然後就期待晚上老公回家；于是，回臺灣是當時我首要的選擇；

然後，天氣暖和了，帶着女兒到樓下社區中庭晃晃的日子裏認識來自臺灣的媽媽們，就這樣一個介紹一個，我開始有群體互動、而不是封閉自我的生活。透過吃喝玩樂，我對上海這個陌生而又熟悉的城市進行了解、探險、捉摸和適應；透過各種課程我尋找我想要的，也避免自己因為太過無聊而不停的去煩老公；

所以，英文課我上過，布藝課我嘗試過，麻將我熱中過，書法和國畫我堅決拒絕過，KTV是我每個月必做的功課，而瑜珈是我目前持續最久的體育課；

然而，即使看似豐富而多彩多姿的生活裏有時候還是顯得很蒼白無力的，人與人之間的互動久了終究陷入一種半封閉的型態；我想我是玩的夠久，是該換一種生活態度的時候了，是我真的覺得在上海有一群人如此努力認真凝聚同根來的人，我是幸福的。

該把這扇對外世界的大門開的更寬闊了；

因此我來到了<幸福會客室>，透過這個意外的參與，我認識了更多的人，更多不一樣的人；MOCOTO是很有熱情活力的，你的笑聲跟薰衣草一樣具有感染力的；地瓜妹很像是<友直、友諒、友多聞>的，所以，在你面前我會比較乖的；而JUDY豁達的人生態度是我很想學習的；IVON是很體貼很親切的；在上海則是很直爽而率性的；臺媽是很認真的；凱麗是很敏銳而不尖銳的；南西是要用時間和心去交往的；

也就因為這個開始，我進入了博客網，參與了新天地<天曉得我去年五月份才開始接觸電腦，開始學上網，因為以前我超厭惡電腦的>；我沒有付出很多，卻收獲滿滿；從去年上海笑長的年終報告裏提到新的一年他想做的事情開始，到剛剛在新天地看到蘇北北PO的新春計畫，我真的覺得在上海有一群人如此努力認真凝聚同根來的人，我是幸福的；

我真的要大聲的說：謝謝你們——因為你們讓我聽到了有一種叫做<幸福>的青鳥在扣我的門，告訴我說：幸福來了，幸福來了——我合十、微笑接受。

TIPS

幸福會客室廚房演義課程的相關信息，你可以在本書第208頁找到喲!

網友回覆：

macoto

你們看到我的表情了嗎
好感動喔
我衹想說
有大家真好！

. . . .

在上海

哇...
被點到名了!!
你終于找到你心目中適合我的形容詞
看你的文章會有美麗的心情喔
贊!!

. . . .

上海笑長

感謝你的支持及參與
架這個網最大的感動就是有那麼多人的支持，
能讓有很多對電腦懼怕的人因爲這個網而接觸電腦，學
習電腦，把大家的感動用網路分享給大家
真心的感謝

. . . .

ivon

看完全文
真的有全身一振發抖的感覺
我想是爲之動容吧
因爲你的真心有了大家的真心
太棒了

幸福雅

幸福來了，幸福來了——我合十、微笑接受：你怎麼一直喊我阿！我女兒生病啦！所以慢來了！歹勢啦！我和你一樣，看到大家回復我這個不相干人的文章！覺得幸福來了！

正港臺媽來啦

被叫到了當然要上場感恩一下
去年真是個不一樣的年
幸福會客室和tmtsblog把大家串起來
有緣才能相聚真令人珍惜

蘇武

心隨意動！
幸福的青鳥不曾遠離，
猛回首，幸福就在燈火闌珊處！

南希

我想這就是緣分，我真的很珍惜，因為大家我也更喜歡上海了，三十歲前的我曾經追求物質生活，曾經迷失過，三十歲後的我要讓自己更充實，遇上這群交心的朋友，我真的很滿足⋯⋯

魚肉好吃譙

--●　*筆者: 竟菱*

"保證好吃啦！！回去清蒸或者煮湯都很好吃了！！而且價格又很實惠~~~~"

在漁販老板的慫恿之下，我買了那一條粘粘怪怪的"鯰魚"。回家的路上，我一直回想在臺灣的時候，有沒有吃過這樣的魚，不管了…。換個口味吧，要不然老公老是抱怨都是吃那幾種魚。突然，袋子裏面的魚抽動了一下，我下意識的說了句"魚啊！對不起"，心理想着，回到家以後，魚應該就掛掉了吧！！這樣我會比較沒有罪惡感。

魚販交代過，要先用熱水燙過，之後就可以煮湯；等着鍋裏面水燒開的時間，我開始細細研究起這一條魚，有兩條小須須耶，對了，就是那個"土虱"嘛，想不到這裏也有這一種魚，回家又可以跟我老媽說了，你看，我也會煮"土虱"耶。正在洋洋得意的時候，水燒開了，我小心翼翼的把魚放入鍋子，接觸到熱水那一剎那，魚開始翻滾起來，嚇得我尖叫跑到廚房門口，躲在門後面偷看，那只魚好像還是活的一樣，開始不停的在鍋子裏翻滾，整條魚不停的左右擺動，把水濺得四處，像是要跳出

回家又可以跟我老媽說了，
你看我也會煮"土虱"耶。

鍋子一樣，湯鍋開始晃動，魚的擺動更大，湯
鍋已經往右邊偏了~~~突然魚頭轉向我這裏，
像是再跟我哀求水很燙一樣，我嚇得跑進房
間，嘴裏不停的說"對不起，原諒我~~原諒我
~~原諒我"。

　　三分鐘之後，在鼓足勇氣以及擔心瓦斯下，
回到廚房門口，魚漸漸的安靜下來，似乎已經
接受了他的命運，無力的躺在鍋子裏面，等着
受人擺佈。我趕快的把瓦斯關掉，鍋子丟到水
槽裏，穿上外套，出門……。我身上已經沒有
任何一點點勇氣去面對那一條魚，那條魚只要
再輕輕的動一下，我肯定會跪在魚的面前崩
潰，請求他的原諒。

　　終于等到老公回家了~~~"老公，今天喝魚
湯好不好?" "OK!"我說"可是魚在水槽裏面
耶，你幫我放到鍋子裏面好嗎?"老公看了我一
眼說"爲什麼??" "人家喜歡你幫我啊!!"(努力
裝可愛中~~)。終于魚湯上桌了，看着鍋裏頭的
那條魚，竟然提不起任何一點食欲，突然想起
那個"魚肉好吃誹~~~"的故事，看着老公吃
得津津有味的樣子，我想，晚一點再告訴他好
了。

網友回覆：

上海臺姐

這讓我想起有一次我們幾個臺幹一起去吃火鍋,叫了一份活蝦,其中有一祇活蝦竟然跳出碗外,而且還一路跳了好幾下跳到抽烟的總工程師面前,然後再一跳跳到烟灰缸裏就不動了!

當下我們幾個不抽烟的逮住機會數落總工:看吧!連活蝦都來"死諫"了!

愛抽烟的總工氣定神閑的說：它（活蝦）是喜歡烟味,臨死都要追求這個味!

. . . .

macoto

下次一定要請你到幸福廚房教教你的私房菜
聽說竟菱的餐餐都有魚耶
一定很棒喔

. . . .

微笑的貝阿提絲

竟菱..不知道你買的那大條魚有多大?
因為我也曾經在漁販慫恿下買了兩條也教我怎麼煮
但....回到家之後的情形竟和你一樣
不同的是.....
最後那兩條長像不討喜的家伙全進了垃圾桶
因我家的老爺比我更害怕這種奇怪的東西

500元

- - - - ● *筆者：貝阿提絲*

昨天幫老公辦簽證的事必須先到派出所辦暫住證

因爲我們入境之後一直都未去辦理

曾經聽說逾期辦理會罰款但也很少聽到有人因爲這樣被罰的

前年剛來還不曉得結果逾期才去辦

辦事人員也沒說什麼只是提醒要下次早一點兒來

因此這次我也是抱着僥倖的心理到了派出所

到的時候是11:10分等了一會兒辦事的警員才出來

說明來意後他看了臺胞證說：過期啦....這要罰款......(碎碎念..)

好吧！罰就罰吧~誰叫我們不早一點兒來辦

時間又過10分鐘11點20

他把東西丟還給我說：下午再來這沒有2..3個小時辦不好

什麼東西需要這麼久的時間？

他說：你這要罰款有很多程序要辦你以爲這麼簡單啊...我等一會要吃飯了....

慢着....我不客氣的問：你們幾點休息？

他說11:30

氣死我了我又不是在下班時間來

爲什麼我得下午再來現在你們還是在上班沒道
理不幫我辦

而且塡個表格需要多久的時間?這麼沒效率

跟他說了很久最後他才答應~願意犧牲午休幫我
辦

但前提是要我自己去外頭店家複印所有的證件
因爲單位裏的複印機壞了

約30分鐘後

這位先生開始讓我塡表及回答他的問題...

到完成全部時間不超過30分鐘罰款500元

原本他推說要2..3小時的事可以在30分鐘內辦理
完成

分明就是擺爛不想做事嘛...

眞是太.....可惡了!

p.s:唉~氣歸氣總算也辦好了

　　誰叫我老公也這麼皮非得要到簽證快到期才
去辦

　　下次不敢了.....rmb500好貴!

　　這是我生平繳過最多一次的罰款

　　在臺灣平面道路超速也不用到2000啊~

網友回覆：

macoto

親愛的
各派出所的人呢都多少有點不同
我也碰過姿態很高的警署辦事人員
搬家後今年去的花木警署就不錯
并不需要一堆文件就能辦好黃單
看來微笑蝙蝠你還得要多做功課
才能知道如何在和他們打交道時
成功的獲得你要的東西

• • • • • • • • • • • • • •

Chinglinglee(竟菱)

習慣就好~~~~這裏都這樣
上次我去派出所辦居留黃單,整整花了兩個小時,其實那個
公安辦事的時間不超過五分鐘,但是他一下忙着跟別人說
話,一下忙着吃橘子,一下子要上廁所,一下子要倒茶,.....就
這樣讓我等了兩個小時,你祖母我氣得發抖都無可奈何
祇能說,在別人的屋檐下面,祇好低頭吧

• • • • • • • • • • • • • •

上海臺姊

小心喔!還有一種罰更重的----臺胞證過期,每逾期一天
罰一百,我同事的老婆糊塗,逾期了45天,要罰4500大洋!後來
我們動用關系好話說盡還是減半收費罰了2300!

上海笑長

你要會"搗糨糊"啊
再不行就用吵的啊
他們怕壞人
不過臺胞證過期以前都是要罰的
你是什麼證啊

• • • • • • • • • • • •

薰衣草

阿貝:
你祇聽到我說笑話嗎?
我說過了我也逾期去辦
一進去就裝可愛賠不是姿態很低(不要跟祖國人民－－－－幣
過不去)
辦事人員親口跟我說"態度好不罰,下次就罰"
你看你看! 被罰500大洋了吧! 下次找我陪你去
別生氣了! 財去人安樂

• • • • • • • • • • • •

趙小嬌

所以為了避免被罰, 也為了避免要低聲下氣。祇好牢牢
記住所有該做的事
阿貝, 給你秀秀。。。就是要這樣。

• • • • • • • • • • • •

幸福雅

最近也有一個朋友! 忘了去辦, 被罰4400, 是你的9倍,
希望這樣你聽了好佳在一點, 為你不忍的幸福人

• • • • • • • • • • • •

smilebats

我一直覺得我已經很適應這裏了

可是到那天以後才恍然大悟........
我要學的實在太多太多了---尤其在"人"方面！
謝謝你們~

TO上海笑長：我老公是簽證到期想說辦個一年多簽，往後一年可以自由進出,也不用再去辦暫住證啦!
TO上海臺姐、幸福雅：看到你們的留言,下次一定會更注意這些期限問題⋯⋯不敢再有第二次啦!4500⋯⋯天啊!

TO小媽：謝謝你~我記住了！要和顏悅色低聲下氣~唉！

To薰衣草：對厚....如果那天你陪我去的話..也許我們就拿着那500大洋去吃吃喝喝了厚~~

副交感神經

---● 筆者: 小嬌

　　幾乎每一個初到上海插班讀書的孩子都會遇到的
事，就是適應不良

我的孩子當然也不例外

尤其我們在臺灣時都是居住在“小”鄉鎮，孩子并
沒有太多的機會接受太多“高深”的教育訓練（好
啦，我還是承認是我懶行了吧？？）

一到這，兒子倒是很能接受降級的待遇

但女兒就不肯這麼輕易接受這種近乎算是歧視的安
排

所以女兒選擇不降級

一開學，眞的是要了我和她兩條命

我是因着她，她是因着功課

就不用提其中課業的差异了。

但女兒受壓太重是事實

每天早晨來就是哭

早餐無法進食，反胃，想吐（醫生說是太緊張，副
交感神經太過興奮導致）

無法走路上學（同樣是副交感神經的問題）

中午在學校幾乎同樣無法進食

如果有臺媽也正爲這困擾⋯⋯
相信小媽，孩子的適應力眞的
超乎我們的意料之外。

放學去接她，她一見我就掉淚（唉呀！弄得我除了
陪她掉淚也只能說一些鼓勵的話而已）

晚上還是吃不下。

寫完功課，睡覺

睡覺（從沒有一覺到天明，一定是半夜做噩夢起來
哭）

這其中"從頭到尾"都是啼啼哭哭（說眞的煩是很
煩，但更多的擔憂在其中）

就這樣周而復始⋯⋯

一個月下來體重足足掉了七公斤

雖然我女兒是小胖，這樣折騰也是要人命，作娘的
也不忍

在當時我一直以爲因着女兒我在上海會待不下去

當我在這樣難處時，我的老爺因着工作并沒有陪在
我們身旁

現在，嘀咕小姐適應的很好，還交了很多好朋友

如果有臺媽也正爲這困擾⋯⋯

相信小媽，孩子的適應力眞的超乎我們的意料之外

P.S 我本以爲好胃口的嘀咕小姐總算可以趁這個機
會瘦下來

但⋯唉！體重全回來了全回來了，還外加利息咧！

網友回覆：

bj5358

真是厲害的嘀咕小姐
真是厲害的小媽
真是佩服你們熬過那艱辛的一段
我想對嘀咕小姐而言
再沒有難事了吧

● ● ● ● ● ● ● ● ● ● ● ● ● ● ● ●

macoto

恩
是佩服每一位這樣走來的孩子及爹娘
我比較幸運
二個孩子的教育
算都是從頭由這裏開始
不存在着與前面接續的問題
不過
天下父母心
我總是能體會的

我愛當台胞

- - - - ● *筆者：ivon*

早早就買好春節包機的來回機票

來了上海幾年，來回過年也好幾次，心裏也沒啥特別的期待

然，一到浦東機場，一眼就找到長榮航空的櫃臺（雖然是掛在上海航空的下方）

跑馬燈上大大的紅字 "BR1711TAIPEI臺北"

莫明的感動油然而升——兩岸終于直航了（雖然去年就有，但我沒親自經歷）

快速的辦好登機手續，準備出關了

那大大的跑馬燈竟打出

"兩岸春節包機專用通道" ↓

頓時覺的，當個臺胞真好，

從候機大廳看到長榮航空的大飛機，就像等待情人般的愉悅

等ㄚ等的，終于要登機了
這時在進艙道口，居然有兩人舉出橫幅
"歡迎臺胞春節包機返鄉過年"
太搞禮數了吧！我心中不禁想大笑
昨天按原機回上海
一出艙門口，多了一些便衣人員,雖然有笑臉，
但也感覺出那份緊張氣氛
來到艙道口，哇勒！又來了
有兩人舉出橫幅 "祝臺胞新春快樂"
兩岸宣言，一路感受，我們知道了，回家的路
不再遙遠了，謝謝！

網友回覆：

趙小媽
唉，直航眞好

. . . .

macoto
實在是包機一年比一年貴
不然也想坐坐看
感受一下你敘述的感覺

. . . .

Nefertiti
劉家長工這次來回也是都坐包機。
他回臺灣時,還收到一份禮物:大白兔奶糖禮盒、一對玩
偶、元寶巧克力...
坐包機速度快,服務眞好⌒⌒

. . . .

珍珠
我們回臺灣的當天正好是春節包機的頭一天，機場好多
SNG車……差點以爲自己是大明星可以上電視呢！！
衹可惜，偶棉不素坐包機啦~~

. . . .

ivon
對丫
我們這次有送遠傳的手機門號卡
裏面還有五十元

bj5358

厂又..還有禮物拿
眞不錯。
● ● ● ● ● ● ● ● ● ● ● ● ● ● ●

未央歌

我發現，今年包機送的禮物，
我們搭乘的那家最差啦
明年再接再厲，換另一家試試看

聽說他們在外吃飯要面子可以花很多錢，但回到家可以省的吃菜泡飯。

海派文化

----● *筆者：上海笑長*

來了上海好幾年一直沒搞懂什麼是上海海派文化
直到最近才了解到海派文化
前陣子曾碰到事業低潮時
為了降低成本，為了改變觀念
將能省的盡可能省，
剛好那時手機壞了（MOTO頂級的）
就換了一支舊的老母機，想想能打就好了
結果在和上海朋友吃飯談天時，
朋友冒出一句：你的生意是不是不好
頓時心裏一驚！他怎麼會知道
他接着說：看你手機換了檔次變了
說有很多上海人在選產品是看貴的，
看東西要看門面的
所以過沒幾天我就趕緊去換了最貴的一支手機
因為我是做門面生意的，深怕不懂上海而生意不好！
從那時起開始體會到原來在上海很多外在的事物是很重要的

平常會有很多上海朋友常常會提有什麼亞力山
大的會員卡

有什麼名牌的東西，會去很有意無意的告訴你

甚至你可以在餐廳用餐時注意一下

常有很多上海人祇有2，3人用餐，但點的菜是
滿桌

聽說他們在外吃飯要面子可以花很多錢

但回到家可以省的吃菜泡飯

我想這就是所謂的上海的海派文化吧！

網友回覆:

ivon

嗯
換手機能代表行情
希望換ikitchen牛頭牌的鍋子
也能代表身份和時尚品味

● ● ● ● ● ● ● ● ● ● ● ● ● ● ●

胖

笑長
黑黑~謝謝您道出我的心聲
這種現象..早就令我百思不解
認識的上海朋友(20左右年輕人),
手機大多是最新款的..
電腦是viao..DC買sony..mp3要ipod
我的手機自動當機,收訊不良還猶豫該不該換
viao再可愛也殺不下手,笨重NB勉強用
mp3考慮許久~終究逃托apple華麗包裝的圈套
當然要恭喜或這些廠商形銷策略成功
也難怪大家都看好大中國市場這塊大餅
祇要有COCO~羅納度都可以說中文拍廣告
祇要有市場~澳州都樂意當手帕交
在積極大躍進的國度

貧富差距的隱憂往往被忽略犧牲..
在某部以上海為拍攝場景的電影中
女主角這麼說
 "在這，人們祇是活着"
吼~吼~好感同身受

sherry

上海的海派文化,早有所聞
開了店之後更是領教了它的歷害
習慣行事低調的我,曾被上海的朋友指導過
手機要換最新的,名牌包,鞋不可少
車是一定要的(檔次也很重要),最好還能帶上司機
要這樣客人才會覺得你有實力
當我慢慢接受之後
對業務推廣是有幫助
可是我到現在還是懷疑
華麗的包裝,難道真的比內容重要嗎

還好,我的內心還是很質樸的!

● ● ● ● ● ● ● ● ● ● ● ● ● ●

上海笑長

說真的了解了這種海派文化
在商場上就容易許多
但所有事業應回歸原點就是: 實實在在
我想靠口碑的事業較能長久

● ● ● ● ● ● ● ● ● ● ● ● ● ●

趙小媽

難怪我老公這趟回臺也換了手機.
搞什麼東西

別當現實的老媽

----● 筆者: *正港臺媽來啦*

上個星期開始阿姨家裏事故頻傳

臺媽心裏有點準備，怕他家鄉有事隨時得走

再加上廚藝教室上了五次了，決定有備無患自己煮飯過日子

4:30上初一的姐姐和四年級的弟弟放學回來

兩個人只讓我叫了一聲，就好勤快的幫忙做家事

姐姊洗米煮飯，弟弟把整塊豬肉剁成肉末

洗菜拍蒜切蔥等我煮完了還幫忙擺碗筷吃完了還要洗碗

洗完，碗......ㄟ，我好像聽到有網友說還沒完啊

還沒完哩，還要幫忙燙衣服，[只有這項是有酬的一元]

然後折衣服，收衣

這幾天下來，我真覺得自己好幸福喔！怎麼生了兩個那麼好的孩子

幸福到對着他們說:[我的小孩怎麼那麼乖!]

雖然他們都在看電視，眼睛懶得看我，[他們知道老媽又在瘋言瘋語]

直到期中考成績下來，姐姐居然有史以來一科不

及格

XXX氣天氣地氣的語無倫次

她也被罵的一張塞臉

可是，第二天她一點都沒記仇，還是很自動的幫我做以上有點虐待童工的工作

我突然覺得我這個老媽有點現實，成績出了點狀況就罵到不行

分數不好還有努力的機會嘛，會幫忙媽媽做家事

可不是所有的小孩都願意的喔

下次到我家來吃飯，看看姊姊弟弟忙碌又認真的廚房生活

網友回覆：

ivon
對ㄚ
可以把ikitchen廚藝教室
戶外實踐教學

. . . .

macoto
眾姐妹們
有飯吃囉
吆喝一下
約個時間殺過去
看看正港臺媽二個貼心的孩子

. . . .

sherry
我有的時候覺得
孩子真的是天使和惡魔的混和體
我的約瑟夫寶寶
頑固起來讓我頭痛到不行
卻會在我疲累的在沙發上睡着的時侯
替我蓋上被子(好感動哦!)
孩子讓我們歡喜,讓我們憂愁
也讓我們成長!

兒子的家長會

- - -● 筆者: 小嫣

趙@@

你彷彿很少有煩惱，得而不喜，失而不憂。有時連老師都羨慕你簡單而快樂的生活。

正因你的性格如此，你的成績才會在大起大落，大落大起中回復往返，老師總為你捏一把冷汗。

仔細想來，老師的擔心是多餘的，因為在是與非的問題上你從來也沒站錯立場。

（↑這是天兵少爺老師的評語）

今天和老師面對面談話，大致來說來說問題不大，不過"得而不喜，失而不憂"這種高超的情境大概也只有我兒子才做得出來。

天兵少爺的好老師我提過不只一次，她一點也不贊成孩子像修剪樹枝般，長得齊齊的。

她覺得孩子各有各的優缺點（感謝我的主，在這樣偏僻的鄉下也會有這樣的老師）

老師說天兵少爺想法，思考邏輯和同學不一樣（由他算數學總是不按牌理出牌，但理論都通，到最後老師每每得在一堆亂七八糟的算式中幫他把答案挖天兵少爺奉行"退一步海闊天空"只是我不知這家伙會拿這招來唬咔老師。

出來）

老師說他"思想過熟"；剛開始我一點不明白老師在說什麼？？

明明我覺得這家伙"白x"的要命，怎麼可能早熟？

老師說他對世事的參透早于同學

隨口捻來一例，天兵少爺奉行"退一步海闊天空"

只是我不知這家伙會拿這招來唬哢老師

通常是經歷許多世事的成熟人才有資格說此話

他這傢伙根本沒前進過不知要退到哪去？？

今天看了他的成長記錄冊，請大家幫我翻譯一下。

秋游地點：羊普工元和工鞍伯物管？？

這西瞎咪碗糕

校園活動：元蛋迎猩活動？？

救郎喔～～～～

如果有人不相信我可拍照存證，但就怕你們看了要送醫院

┌─ *TIPS* ─────
│ 在上海給孩子們找學校的相關信息，你可
│ 以在本書第191頁找到喲!

網友回覆:

珍珠

其實我眞的覺得天才少爺有股奇特的特質,雖然我沒見過
他,但經由你的文章也見識不少...
或許你跳出媽媽的角色重新認識天才少爺,你會發覺他獨
特的魅力喔!!
我好想見他喔~~~

· · · · · · · · · · · · · · · ·

薰衣草

小媽
我寧願小孩是這樣的性格
你不覺得他很自得快樂嗎
我眞羨慕天兵少爺能在激烈的升學環境中保有赤子心

· · · · · · · · · · · · · · · ·

smilebats

秋游地點：羊普工元和工鞍伯物管？？
校園活動：元蛋迎猩活動？？
眞是太爆笑了~~~
"揚浦公園和公安博物館" "元旦迎新活動"
P.S.公安還有博物館哦？陳列啥呀？

学妈

秋游地點：羊普工元和工鞍伯物管
從上面幾個字看來，他寫字不認字，算是一種"忘形輸入法"
公園寫成工元，表示這小子連常用字的基本反射動作都沒有．
通常我們字與字的組合都會有一種天生的反射回饋跟認知。有時候我們不一定會寫，但至少還會認。
你家少爺眞的"不一樣"
小媽的回復：後來逼問他說是故意的，還覺得很好笑，眞是給他打敗

• • • • • • • • • • • • • • • • •

macoto

我知道在當下你一定是氣到頭皮都麻
但是被我們看來卻是可愛天眞到不行
孩子能有這樣的赤子之心
其實不用太擔心
他以後一定是好情人好老公喔

包子和麵條的笑話再度復活

● *筆者：amychen*

好幾年前，當網路剛大行其道時，流行了好一陣子"包子和麵條的笑話"。沒有人知道這笑話是誰起的頭，可是這笑話在網路上傳來傳去，不斷有人加入不同的笑點，最後成為一個經典的網路笑話連載。話說艾咪小姐中午跟學生在學校大食堂吃麵時，正在苦惱不知道下一篇作文要學生寫些什麼題目，吃完麵後又拿起午餐熱騰騰的點心——包子，開始大啖一番，熱騰騰的包子暖和了艾咪小姐冬天遲鈍的腦袋，"包子和麵條"這五個字突然跳進腦袋裏。哈！就讓學生來試試網路幽默吧！

于是艾咪小姐上網找笑話，發現包子和麵條的笑話早就遠播到中國來，中國網站上的笑話很齊全。艾咪小姐把笑話整理了一下，印成一份文章發給學生，然後請學生先不要看文章，先聽艾咪小姐講笑話，艾咪小姐講的笑話原文如下：

     *   *   *

某天，麵條和包子發生爭執，雙方便大打出手，肉包被麵條打的落花流水，于是離去的時候，對麵條留下一句話："有膽不要走，我去叫伙伴來教訓你！"肉包就去約了煎包、饅頭、麵包等準備去找麵條論理，就在路上遇到了泡麵，肉包等人于是圍住泡麵一陣毒打。泡麵被不分青紅皂白的打了一頓後，問肉包為什麼要打他，肉包回答："麵條，別以為燙了頭髮，我就不認得你了！！"

　　話說泡麵被海扁完以後，覺得很不爽。于是夥同米粉、烏龍麵、日本蕎麵和炸醬麵，要去找肉包算帳。不料，在路上遇到了小籠包，泡麵仔細看了一會兒說道："兄弟們，上！"泡麵扁的更是用力，在扁完小籠包後，麵族人揚長而去，後來其他人問泡麵說："你剛剛扁的好賣力，我們都不知道你那麼討厭他？"泡麵說："本來想稍微扁一下肉包就好，沒想到他今天還裝可愛，越想就越氣！"

　　話說小籠包心裏愈想越不甘心，居然被平白無故打了一頓，于是就找了一堆包子族要去打泡麵，結果在路上看到科學麵，于是就害怕的趕快躲起來，因為科學麵身穿着防彈衣，小籠包不敢去招惹。

　　話說小籠包被海扁後極為不爽，便夥同肉包、豆沙包、近親水餃、遠親月餅一起去報仇，卻在路上遇到炸醬麵，大夥一擁而上把炸醬麵打得半死不活。回程的路上大夥兒問小籠包說："你真的那麼恨麵條嗎？打成樣不死也殘廢。"小籠包說："本來我也只想隨便打幾下就好的，誰知道他竟然全身塗滿大便，以為這樣我就不敢打他，想得真是太美了！這種懦弱的小人讓我心頭一把火，打起來就不

知節制了……"

　　話說麵條族和包子族，兩族族人已積怨已深，兩方人馬常常看不順眼就互毆一場。一天，麵族一群人在路上閒晃，看到叉燒包一人落單，仇人相見分外眼紅，想起之前泡麵等人的恩怨，二話不說，就把叉燒包惡狠狠的痛打一頓，麵條邊打邊嚷："給我用力打，不要因爲他吐血了，就放過他！"

　　可憐的叉燒包頭破血流的帶着滿身傷去找肉包求救，肉包一怒之下，夥同紅豆餅、綠豆糕前去火拼，戰情一觸即發，路人紛紛走避，只見薯條一人悠閒的在逛馬路，一票人二話不說，批哩啪啦拳打腳踢的將薯條狠狠揍了一頓，肉包怒氣未熄，又補了兩腳，說道："打了人還敢穿的金光閃閃的逛街！欠扁！給我繼續打。"

　　話說薯條被打了之後覺得實在太沒道理了，就去找他的好朋友漢堡訴苦，漢堡一聽，覺得是麵族拖累了薯條，于是就找了pizza等找包子族報仇。沒想到在路上就遇到了肉丸，于是就不分清紅皂白就把肉丸給打到地上爬不起來，走的時候漢堡也留下一句話："下次隱身術沒練好不要出來被我看到！！半透明的包子，一下就會被發現的！"

　　話說肉丸被扁後，越想越不爽，找了貢丸、魚丸、四喜丸子等去向麵族理論，在路上遇到刀削麵，不分青紅皂白就把他打的半死，并且把他丟在麵族的大本營前面。第二天，拉麵打開門一看，看到刀削麵奄奄一息的倒在門口，急忙將他救起來，問道：「到底誰幹的？」刀削麵操着山東腔說：「他奶奶的，丸族的太過分啦，老子跟他們無冤無仇，竟然把俺打成這樣。」拉麵聽了，很感慨的說：「完了，長老擔心的事終于發生了。」刀削麵好奇的說：「啥事啊？」拉麵緊張的說：「三國鼎立的時代終于來臨了。」

*   *   *

　　三四年級的學生聽了這笑話，哈哈哈笑得人仰馬翻，艾咪小姐問他們最喜歡哪一段？跟艾咪小姐猜得差不多，當然最喜歡有關炸醬麵便便的那一段！這年紀的小孩只要跟便便扯上關系的話題都覺得很有趣⋯⋯接着，艾咪小姐請學生把剛剛發的文章拿出來，請學生一面看着文字，艾咪小姐重讀一次故事，請他們把不會的字寫上拼音，確定學生每個字都認得。然後發下白紙，請他們畫下故事圖。因為這笑話中的出場食物太多，所以請學生依食物出場順序，把一個一個食物寫出來，誰跟誰打，用箭頭表示輸贏及所罵出口的話，形成一個食物鏈。學生興趣盎然，幾乎都能把這張食物鏈畫出來，只是會邊畫邊學着裏頭的食物說話。

艾咪小姐請學生回家模仿這篇文章，先想好要找什麼食物出場跟誰打？學生這次聽到要寫作文倒沒有哀嚎，可見這種五四三的作文還是頗受歡迎。隔了一個周末，學生交了作文上來，作文裏選擇食物的方向可以反映出學生的地域性和他們平常愛吃的東西。有一篇韓國學生寫得很短，但是很精采，食物的顏色跟打架後罵的話很有邏輯性。請看：

*　　　　　*　　　　　*

話說黃瓜和白菜一起在公園裏打架，黃瓜被白菜打了，黃瓜很生氣，把近親西瓜和黃瓜的朋友南瓜叫來一起去打白菜，他們在路上見了泡菜就打他。回家的路上，黃瓜跟西瓜和南瓜說："那白菜欺負我，她以為她把身體都塗上血，我就不敢打他。"

*　　　　　*　　　　　*

另一個美國來的學生，寫中文句子的程度不怎麼好，不過創意極佳，他從來作業沒得過優加，艾咪小姐這次給了他一個優加，還把他的作文念出來，他的眼睛發亮喊着："耶！"這篇文章讀起來可能有點辛苦，但是真的很可愛。

*　　　　　*　　　　　*

刀削麵找了三明治和蘋果派找肉丸報仇。他們找到了牛肉串說："你帶了一堆人一起拿着一根棍

子，以爲我們怕你嗎？”刀削麵就把牛肉串打成快變成兩半。

牛肉串找來冰糖葫蘆和魚丸串去找刀削麵報仇，他們找到了泡麵就說：“你在杯子裏，我也可以找到你。”他們就打泡麵，把泡麵打到湯都流出來了。

泡麵就找義大利麵和macaroni一起去找牛肉串報仇，他們找到了羊肉串就說：“你顏色變了，可是我還是可以認出你了。”他們就把它打了一頓。後來掀起了一場大仗。

　　　　*　　　　　　*　　　　　　　　*

用不同的題材要學生寫作文的確是件開心的事情，因爲學生的邏輯往往令人出乎意料，讓人在改作文的時候會有點小樂趣。

圖說：學生寫的不夠，還用畫的....

網友回覆: 🔊

美滿人生
眞是太爆笑了!
尤其是:
你以爲你把頭髮燙起來我就不認識你了嗎?
泡麵~你太無辜了!

• • • • • • • • • • • • • •

macoto
哈
這種中文課眞是有趣
祇可惜我家小姐姐祇給你帶了一年
不然我也有機會看她如何發揮想像力寫這一篇

• • • • • • • • • • • • • •

mandy
好有趣的引導方式...
眞爆笑吧!!

• • • • • • • • • • • • • •

ivon
哈
可以辦一場國際性的包子與麵條相聲大賽了

• • • • • • • • • • • • • •

jann
好有意思 老師好棒

這是我沒聽過 我還年輕
現在聽過了更年輕
小朋友有福能受到這樣有意思教育
我要上學

amychen

太感動了，第一次寫博客，
真的有人會來看我寫的文章，
唉呀，真是太感動了啊!!
那我以後努力把學校裏發生的事情紀錄下來，
啊，太有動力了!!
謝謝大家!

艾咪老師

macoto

艾咪老師中我的計了
姐妹們
你們有眼福啦

在上海打拼的台灣女性之九年心情紀事

特別篇

上海，讓我更有自信

--- ● 訪 "資深臺姐"： 洪佳妘

　　許久沒見到洪佳妘了，剛坐下就談及新工作，她的語速飛快，很容易就聯想到她在職場上俐落明快的風格。一樣爽朗的笑容，卻透着溫暖，她說這一切都跟新環境、新工作與新的心境有關！

　　一直從事連鎖通路專業的佳妘，去年轉換新跑道，賣起專業鍋具來！這家上海日新演意家居用品有限公司專營廚房用品，以高檔實用與時尚感的產品形象進入市場。佳妘坦承，新工作的壓力的確很大，當初老板看中的也是她在通路上的經驗，運作至今公司加盟體系的拓展雖不似預期進度。倒不是無法進行，而是佳妘有自己的想法，她認爲要讓高檔鍋具被消費者認同，只推銷品牌或拓展通路是不夠的，必須走出一條新的行銷模式，讓消費者產生信賴感與熟悉感，才能體會真正好用的鍋具優點，因此她開辦了廚藝課程，從做菜教學之餘，帶動廚房用品的銷售，而這一招也的確管用。

　　佳妘表示，零售業真是一門學問，從產品的選擇、進貨到銷售，變化很大，單純銷售已經不管用，所以必須要走服務業的模式。在找到基本的行銷方向之後，接下來，她便開始朝向連鎖通路、禮贈品與酒店用品三大方向搶攻。所以，今年對她而言，是從蹲到起步跑的關鍵時刻。即便如此，因為老板的信任與充分授權，加上新工作的挑戰力度大，佳妘不但沒有倦容，反而更有幹勁了。

1998年，作為真鍋咖啡第一批到上海闖天下的元老級人物，年紀輕輕的佳妘已經在連鎖業扎根許多年。回想起當年老板一句：「你去上海看看，就當是去玩兩個月好了。」她踏上西行之路。正因為上海的確比想象中的「好玩」讓她一待就是九年多。

這中間的過程雖然并不全是很順邃，有時投入與回報有差距，有時候理想與現實產生衝突，更多的時候是自己過度要求的性格，讓自己不滿意。沮喪時她也曾想過是不是自己不夠專業？是不是溝通有問題？但是幾乎沒有過多的時間讓她停下腳步，「一忙起來就忘了」她笑着說。其實回首過去，她更加堅信「凡走過必留下痕跡」。

九年來，上海的挑戰與機遇，的確讓佳妘的職業生涯更具戲劇性，也鞭策自己不斷向前。她說，或許是工作安定了也或許是年齡到了，工作之餘她會學習英語、瑜珈并去郊外走走，比較能「學會放下」，達到隨遇而安的心態。在她臉上我們看到了自信的笑容，展現出洪佳妘＂九年臺姐＂資歷的價值所在！

開篇――意外的人生

---● 筆者: 張美雲 (中國臺商雜誌主編)

在填登錄資料，看到"臺媽""臺姐"的選項時，我猶豫了一下，心底的聲音告訴自己－－－應該要填"臺媽"了!

2003年初抵達上海至今，我完成了一個女人一生最重要的兩件事－－結婚和懷孕，一切都在我離鄉背井、轉換人生跑道的重大時刻完成。沒有人知道爲何我要放棄所謂高薪的工作，放棄畢業後一路順遂的媒體之路。有人說我是"爲愛走天涯"，還有人說我在上海有了更好的工作，其實——都沒有。說得簡單一點，我就是厭倦了臺灣越來越惡質的媒體環境，說得自私一點，就是發覺我所有時間都賣給了公司，說得再清楚一點，就是年過三十的我，想去找尋人生中除了工作還能有些什麼選擇。

在獲得父母的支持後，我踏上這條不歸路。那時我告訴自己，隨時可以回來。但是我卻又很清楚的知道，說要回來似乎沒有那樣容易。當我決定放棄臺灣一切人脈與工作之後，就意味着，我得從上海從頭開始了。

抱着只能向前的勇氣，跟隨大多數臺商的腳步，帶着旁觀者的眼光，我從自由撰稿人開始，沉潛半年的期間，嘗試着曾經試想過的方向，一步一腳印的驗證着許多的"不可行"，忍受着孤單、落寞與失敗，但也學會了放緩腳步，與上海人一起生活與呼吸。放下希望功成名就的高度，做一個眞正的"新上海人"，體味沉澱的這段甘苦，享受一事無成的樂趣！

　　走過落戶上海的三年，重回媒體工作的行列，回首過去沒有迷惘，有的是感恩。當我聽到臺商們成功的故事時，我相信背後還有更多的淚水；當我看到一家大小和樂的情景，我相信這移居的過程中有太多故事，值得回味。

　　現在的我，依然在學習。

　　也願我的過去與未來，與你一同分享。

這些都是很多台商的真實經驗故事
希望能提供給大家參考 ⟶

B

台商太太新天地

www.taimaclub.com 上海生活大補貼

此部份要特別感謝
太太新天地網站上
的會員們,是他們
的真實分享,才有
這些實用的資訊。

⊙ 換發台胞証

臺胞證遺失，證件即將到期，簽注頁用完，證件損壞不能繼續使用的。

手續如下：

1. 提交臺灣居民來往大陸通行證簽注申請表，幷提交申請人近期彩色（背景爲白色）2寸照片3張。

2. 提交在滬臨住宿證明（黃單又稱暫住證）

3. 持有效臺灣居民來往大陸通行證的，應提交臺灣居民來往大陸通行證（即舊臺胞證），申請補發＜臺灣居民來往大陸通行證＞的，還需交驗本人臺灣身分證，幷提交複印件。

4. 工作證影本.幷提供正本核對

5. 公司申請函,幷蓋公章,公司執照影本

6. 戶籍謄本影本

7. 健康檢查的影本，（加簽免提供）

8. 因遺失，被盜原因申請補發＜臺灣居民來往大陸通行證＞的，應提交刊登作廢聲明的報紙，（解放日報或文匯報或新民晚報）

我局將核對申請人在其他出入境管理局的補，換發受理情況，在其他管理部門受理該申請人申請期間，我局不予受理該申請。

　　對簽注頁即將用完需換發＜臺灣居民來往大陸通行證＞，而原證件內簽注仍有效的，在簽發＜臺灣居民來往大陸通行證＞的同時，我局將注銷原證件(剪角)，簽發新＜臺灣居民來往大陸通行證＞，不再另外簽注,新證可與原證合并使用。

　　臺灣居民申請補換發＜臺灣居民來往大陸通行證＞，需同時申請居留簽注的，應按照告知單內容提交相關材料。

　　提交公安出入境管理局部門認爲必要的其他證明。

　　申請人須親自辦理，不滿18周歲或70周歲以上的申請人，可委託代辦，（代辦人需提交身份證）周 一 ~周 六 上 午 9:00~下 午 5:00 浦東新區民生路1500號。

　　辦結時間：申請資料齊全後，7個工作日內辦結。

收費標準

補發＜臺灣居民來往大陸通行證＞，５００元

換發＜臺灣居民來往大陸通行證＞，２５０元

五年多簽費用300元，

一年多簽100元。

諮詢電話：021-28951900（出入境管理局）

◉ 拿台灣護照
在上海辦理美國簽証

這則本來想修改，但真太好笑，其實也很寫實，反而好看又好用，有的寫得不清不楚，沒有太多提醒，反而容易受騙。

突然發現美簽竟然過期了半個月!(五年多次)

馬上不猶豫的快去續簽唷!

美國簽證的資料

可以查http://www.usembassy-china.org.cn/shanghai/index-c.html

首先就是要預約喔!

以下是從美國領事館copy下來的程序:

簽證信息話務中心——提供與簽證有關的信息并預約非移民簽證面談時間

簽證信息話務中心為美國駐北京大使館、駐成都、廣州、上海及沈陽總領事館向申請人提供與簽證有關的信息并預約非移民簽證面談時間。

對于沒有進行面談預約的簽證申請人領事處將不予面談。申請人的面談時間可以通過致電中國話務中心進行預約。從中國國內的任何地方致電簽證話務中心均可撥打電話4008-872-333。國外致電者可撥打86-21-3881-4611（上海當地電話）。申請人親自來領事處或通過傳真和電子郵件的方式進行預約，我們概不受理。若電話正忙，請稍後再撥。如需知中國話務中心的詳情，請點擊此處。

所有首次申請赴美簽證者以及不符合中信銀行免面談簽證申請或優先簽證面談的都必須事先預約面談時間。電話預約時申請人請務必提供姓名、出生日期、護照號碼、簽證類型、是否有過拒簽史等相關信息。若不提供以上完整的相關信息，則無法進行預約。

提供的服務

致電人能夠獲得關于移民簽證與非移民簽證各簽證類型及申請手續的信息。所有中國大陸的非移民簽證面談時間都將通過簽證話務中心預約。話務中心提供普通話、英語、粵語、閩南語以及臺灣話的服務。

辦公時間

簽證話務中心的錄音信息每周七天24小時對外播放。人工接聽電話的話務員工作時間爲周一至周五早7點至晚7點，周六早8點至下午5點。

收費標準

話務中心提供的服務需要"用戶預先付費"。申請人如需致電話務中心，須預先支付話費，支付54元人民幣獲得一個加密號碼并可通話12分鐘，或支付36元人民幣獲得一個加密號碼并可通話8分鐘。任何剩餘分鐘均可留待日後再次使用或轉給他人使用。付款方式有以下兩種：

中信實業銀行銷售的預先付費的加密電話卡

所有能交納赴美簽證申請費的中信實業銀行均出售預先付款的加密電話卡。如需知中信銀行各分支機構的詳情，申請人可登陸網站 www.ecitic.com查詢。申請人也可以撥打95558致電中信銀行的客戶服務部門。

使用信用卡/借記卡的用戶可登陸簽證信息中心的網站

使用Visa,Master或中國國內的信用卡/借記卡的用戶可登陸簽證信息中心的網在站進行付款。(www.usavisainformation.com.cn)

銀行匯票/郵政匯款

從2005年1月1日起，簽證信息中心將不再接受銀行匯票和郵政匯款的付費方式。如加密號

碼已通過銀行匯票和郵政匯款支付方式獲得，則從購買起一年內仍然有效。

　　我的經驗是像我只有一個人要預約所以買8分鐘的就夠了我大概衹用了５分鐘不到...不過記得不要廢話太多有問題才問都是用你的錢在回答你喔!

　　目前平均等待的時間是33天也就是說你打電話到要面談的時候得要花上超過一個月的時間!所以有計畫的要早早準備!

　　約的時間有8點半跟9點半你隨便約就可以了因為到時候都不影響的

　　只要是當天早上到就可以了!

我是用網上銀行買的，當場用網路銀行付費後就可以拿到密碼，打電話去預約!很方便喔!

　　接下來，就是要填表格。

　　建議是用網上的DS–156 這種在網上填好打印出來的會方便很多。切記不要打錯要不到現場人家幫你印一份100人民幣!

　　如果你跟我一樣是拿臺灣護照，不需要填一大堆喔衹需要網路版的英文DS–156跟英文的DS–157。美簽的照片很畸形是５ x ５公分的

喔。其他的寫了也是白寫用不上的（我就浪費了不少時間寫中文的DS-156還有DS-157）

網上填DS-156的網址：

https://evisaforms.state.gov/ds156.asp?lang=1

　　然後就等一個月後面談了...

　　不要先去付錢喔，發現眞是浪費時間哩。因爲面談的對面就是中信銀行（在中信泰富大樓一樓）只隔50公尺，可以直接去買手續費。

　　網上是寫830可是我去的時候是810。因爲是要收100美金啦，現在人民幣升值了，就只收810咯！不過，收據還是寫830，外面人家"好意"幫你買的也會收你830的喔。

　　我約的時間是早上9點半，當我準時到的時候梅龍鎭外頭排的人不多，大概5-10個吧。會有一堆黃牛來說，幫你檢查啦，寄包啦。寄包一個要20塊，眞是搶劫！因爲手機不能帶上去，只得讓他搶。

　　從一樓進去梅龍鎭後，搭上電梯到八樓，首先要排一個小隊，查你是否預約。給他你的護照就可以，查完就進去安檢，不要帶金屬的東西就好。建議帶本書，因爲通常都要等一個小時以上，裏面無聊的要死，又空調開的熱死人……

　　過了安檢，往前走到最後一排，去繳交你的資料。他會收走你的網路版英文DS-156手寫英文版DS-157、臺灣護照、以及你的繳費單據，給你一張有Barcode的單子，以及EMS的單子。Barcode的最後三碼是你的面談號碼，接下來便是漫長的等待……

　　很神奇的　竟然不是照順序排耶……

　　那些簽證官拿了一堆文件，拿了就叫號。每個簽證官，就隨便從一堆裏拿，根本不照秩序的。當我看到一號（據說，七點以前就要排隊了）面談的時間是快11點。我真是同情的不得了喔……

　　EMS的單子是讓你填好，如果你順利通過面談，就要通過郵局，不管是自己取件或通過快遞，都得填EMS喔！

　　從九點半開始在一樓排隊，到換我面談已經是11點25分。

　　第一件事，他會打開護照有照片那邊，問這是不是你的護照。然後，要先按指紋，先左手食指，再右手食指。通常第一個問題　都是問去美國的目的。不過，我的簽證官看着我的申請表，笑了出來，直接就問，你退休了阿！因爲我在我的表格上，塡職業的那一欄，寫着Retired^_^我笑說，對阿……給老公養……

他又要求看了我的以前的美簽，問了一下我老公在哪上班，我去過美國幾次，總共大概問了３０秒吧……我很多要騙人的都沒機會說……說的全是實話……他就說過了過了……恭喜你……然後給了我一張綠色的小紙條，（通過的人就有）

眞是的，我還沙盤推演了好久耶……像是騙說，我要跟老公聖誕節去度假啦……結果他連問都沒問……害我在談之前都有點心虛說……我還帶了什麼房產證啦、稅單啦，根本沒用到。

然後就去旁邊的郵局（同一個大廳，就旁邊一點點）把綠色單子，還有有你的排隊單號的那張。交35塊錢，就在家等着拿有新的美簽的護照咯!

也可以選擇自己去郵局拿，在巨鹿路上（２０塊）我覺得麻煩，還是讓人送上門吧……多沒多少錢的!

◖ 考駕照

　　在上海考駕照一點兒都不難，但若是訊息來源片片段段無法全面掌握，就讓人摸不着頭緒了，托新天地㊟的福讓我清楚程序後火速前往考照，當然是拿到咯，跟大家分享一下考照過程。

　　準備證件:包括居留證(黃單)正本、臺灣的汽車駕照正本（持證三年以上）、臺胞證正本、相片（可自備也可現場照）、人民幣155元、上述證件複印件。

　　準備筆試：毋須路考衹需筆試100題，題目在臺太新天地上海生活大補貼JASON媽幫忙貼上試題了，當你去車管所報名時，考官也會給你一份試題背背，神奇的是跟JASON媽提供的一模一樣ㄌㄟ。

　　報名程序：我是到閔行區沁春路179號車輛管理所（TEL:64987070），到八號樓直接上去二樓境外人員辦證處（人很少），證件讓考官審核，具參加考試資格，到11號樓照相（40元）、填表格體檢（繳費60元），衹有三關1、視力2、問身高體重及聽力3、交表格

　　參加筆試：電腦答題通過後直接去3號窗口

簽證、再到1號窗口登錄資料（會交給你一個資料袋），再到一樓交55元領證費領取證件即完成。

　　過程不到一小時即完成，超乎想象容易！

考照文字題

http://www.wretch.cc/blog/macoto618&article_id=4783634

注：
新天地指上海臺商太太新天地網站www.taimaclub.com

☾ 電費高的原因

　　大部份的家庭都是住所謂的商品房，這些商品房有電梯……綠化，還有大樓外牆燈、小區的公共路燈等等……有的甚至還有公共空調系統，會所等其它設施……

　　我有一位朋友他們家的電費無論如何省……每個月最少也要六、七百元。

　　像大樓每天晚上一定燈火通明，公共路燈很多……還有，噴水池……溫水泳池、停車場的照明及其它停車設施……等等各種設備……都是要負擔其公共電費的。

　　更要命的是……這棟大樓中的公共空調是開24小時的……這還沒包含有可能附近來偷接電的其它單位或小販……

　　就這樣，每個月的電費幾乎有三分之二不是用在自己家裏……

　　中高檔的小區通常都無可避免這種情形……尤其前幾年蓋的房子并不會爲住戶去考慮到節能的問題……

　　蓋出來的房子是很漂亮……但無形中增加不少居住的成本支出……

提供給大家參考咯↓

你可以去看你們家的電表，通常跟大樓管理員問一下都知道在那裏。

如果有兩行數字，表示家裏的電表是有裝分時計費電表。白天的用電費用是夜晚的一倍。把上個月底跟這個月底的電表數字相減，再乘上電費就是每個月的電費。

去看電表時一定要看看自己家的電表是不是跑的比別家快。如果快，就表示家裏的電表可能有問題或者是被偷電。可以向電力申請免費的檢查。也要順便看看家裏如果都沒有用電。就是關掉所有的電源電燈，拔掉插頭時電表會不會跑。會跑的話就真的電表有問題了。

小區的公共電費應該是包在物業管理費裏才對。

但有的沒有安裝分區電表，那要和房東要求，否則電費差距大。因為房東申請那個要花錢（稍微舊的小區可能沒有分時計費電表）但這是我們的權利不可忽略。

上海地區電價表

上海市電網銷售電價表三（實行單一制分時電價客戶）				
分類		400伏以下	10千伏	35千伏
尖峰時段 （6時至22時）	工業	0.895	0.880	0.865
	非工經營	0.942	0.927	0.912
	農業生產（試行）	0.610		
	居民	0.610		
離峰時段 （22時至次日6時）	工業	0.423	0.408	0.393
	非工經營	0.423	0.408	0.393
	農業生產（試行）	0.330		
	居民	0.300		

⚬ 有沒有人有經驗從台灣帶寵物過去大陸的呢？

　　去年2月，我也帶了我最愛的貓女兒過來了。其實一點也不麻煩喔~

　　不過因為這邊寵物醫療，用品並不像臺灣那麼便利，所以建議你如果真的是"定居"，再考慮把貓貓帶來比較好喔~

　　至于手續是這樣的：

1. "一個月前"帶貓咪去檢疫局認證記的動物醫院申請：（一般稍好的醫院都是檢疫局認證的，如果你不放心，可以打去檢疫局查詢一下你所在地的醫院有哪些，或是你平常去的動物醫院，也可以問是不是有認證喔~如果你在臺北市的話，建議你可以去"中山動物醫院"（http://www.linger-lin.com/ch1.html）我都是在那辦的。醫生真的很有耐心，愛心喔~）

   A.實施狂犬病免疫注射

   B.健康證明書，要詳細記載注射疫苗日期，疫苗檢疫貼紙編號等……

   C.輸出犬貓免疫注射證明書 1式2張

D."建議"植入晶片.領有動物狂犬病預防注射證明手冊，貓牌（如果將來要再回臺.可做爲證明是由臺灣出口的貓咪，而大陸入境也有可能掃描晶片）

　　以上第一部份看似複雜，但只要到醫院告訴醫生，貓咪要帶出國（大陸）醫生就都知道該怎麼做了。

2."一星期前"到農委會動植物防疫檢疫局申請正式官方的"輸出動物檢疫證明書"，要帶：

　A.主角-貓咪

　B.健康證明書

　C.免疫注射證明書（如有打晶片，資料也要帶）

　D.機票或訂位證明

　E.貓咪所有人(你)的護照

　　這部份祇要資料都齊了，找一天跑一趟就OK了，不需費用喔~

有疑問也可詢問檢疫局：02-2738-7935

3."出境"當天

　A.在辦理登機前，要提前到機場的防檢局中正機場出境檢查室辦理驗對手續。

（第一航廈：客運站下車處03-397-2268/ 第二航廈：一樓入境大廳南側辦公室03-398-3373）

　B.驗對後，帶文件到航空公司櫃臺辦登機手續，填寫相關文件及繳費，貓咪隨行李進倉。按行李超重費計算，不用買機票啦!!

（例如.貓咪5公斤.就乘上行李超重費，費用可查詢你搭的航空公司,我那時坐澳門航空，帶我家貓咪花了NT.1404.~）

4. A. "大陸(上海)入境"：提領貓咪後到入境檢查室繳費，做消毒，填資料，簡單驗對即可。

　我當時費用繳RMB280（一只貓）.

　B.一個月左右，會有上海檢疫人員上門檢查（象徵性啦~）

以上三部份是我那時正常應有的程序，建議你可以再詳細詢問有無變動~以下呢，是我的小心得咯↓

1.曾經也問過代辦公司，可是費用大概是自己辦的快一倍喔，你衡量看看啦~

2.建議搭乘 "澳門航空"。因為是一機到底，所以貓

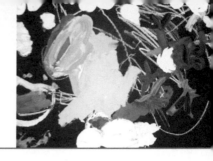

咪可免除一次轉機搬運之苦。

3.貓咪上飛機要用航空運輸籠（一般問用品店就知道了），也比較安全，可以放一些貓咪熟悉的玩具讓它有安全感。

　　另外貨艙溫度較低，也可以準備小毯子（毛巾）在籠裏取暖。

4.記得跟航空公司作確認機位時，一定要告知會攜帶貓咪隨行，這樣行李艙才會開空調和照明給貓咪。

5.你們上海下飛機查證後，要盡快到行李轉盤等貓咪，因為貓咪會在轉盤上一直跟着行李繞圈圈。

6.建議出發前一天晚上，水和飼料要收起來，要不貓咪緊張可能會亂拉屎拉尿……

7.貓咪到新環境多少會鬧脾氣幾天啦，這期間一定要多點耐心陪它，照顧它喔~

☻ 健保局針對大陸醫療公証 措施初期延至95/4/1 住院5日才需公証

大陸就醫5日以上者 健保局：未來需經公證程序方可核退。

根據中央健保局最新公告，對于國人在中國大陸因緊急或不可預期的傷病，就醫申請核退醫療費用案件，規定的證明文書(包括醫療費用收據正本、費用明細、診斷書或其他證明文件)必須經過大陸辦理公證，回到國內再到海基會驗證後，最後至各轄區健保分局辦理核退，初期先從住院5日(含)以上之自墊醫療費用核退執行，預定自95年4月1日(住院出院日)起實施辦理，根據93年統計資料，估計影響人數每年約2,322人。

有關在大陸地區之文書公證，及在國內海基會文書驗證手續，保險對象可向海基會法律服務中心（臺北市民生東路3段156號16樓，電話：02-27134726 網址：http：//www.sef.org.tw），或該會中區服務處（臺中市南屯區幹城街95號自強樓1樓，電話：04-22548108）或南區服務處（高雄市前金區成功一路436號4樓，電話：07-2135245）查詢。

新版的健保核退申請書電子檔，于上海臺商太太新天地網站www.taimaclub.com中可下載。

ⓖ 實用網站大搜羅

上海最大的租屋入口網站

安家網 http://rent.anjia.com

上海熱綫家政頻道

http://local.online.sh.cn

還不錯哦..有提供阿姨照片..還有評分系統...

一塊寶藏（想查啥就查啥~阿姨提供的資料是否屬實?）

http://www.123cha.com/

中國全國公民身份證號碼查詢中心

http://www.nciic.com.cn/index.htm

這是中國官方統一的查詢入口網站，與其它網站不同的是..它提供了照片辨識，這樣拿假身份證的人即使號碼正確...但照片可騙不了人吧...

查詢示範

http://www.nciic.com.cn/yewufanwei-2.htm

足不出戶超市商品送貨到府

‧易購365

http://www.ego365.com/index.asp

- 聯華超市

  http://www.lhok.com/
- 城市超市

  http://www.cityshop.com.cn
- 正大商城

  http://www.cpmall.com.cn

公車族的網站

- http://www.8684.cn/

另一個網站，可以查公交車或自駕車路綫，還
可以算里程數，站與站的距離..等等...

http://maps.sogou.com/

- 公交換乘

  http://maps.sogou.com/bus/
- 行車路綫

  http://maps.sogou.com/maps.jsp?mapse
  rvice=QueryRouting&commit=0
- 地圖搜索

  http://maps.sogou.com/local/
- 地圖瀏覽

  http://maps.sogou.com/maps.jsp

◑ 上海公園地圖

陸家嘴中心綠地
浦東新區，浦東新區陸家嘴路160號

和平村特種養殖場
寶山區，羅店和平村，56862584

現代蔬菜園藝場
寶山區，潘涇路2755號，56865277

上海動物園
長寧區，虹橋路2381號，62687775

東平國家森林公園
崇明縣，東平林場，59641845

鴕鳥養殖場
嘉定區，安亭鎮向陽村，59573983

上海野生動物園
南匯縣，三竈鎮，58036000

中心綠地
浦東新區，陸家嘴路160號，

中央公園
浦東新區，錦繡路1001號，58337122

上海植物園
徐匯區，龍吳路1100號，64365523

共青森林公園
楊浦區，軍工路2000號，65480528

黃興綠地
楊浦區，黃興路1500號，65346950

馬橋園藝場
閔行區，曙光路1889號，64091496

◔ 上海劇場地圖

靜安區

·美琪大戲院簡介：以演出大型歌劇、芭蕾舞劇、音樂舞蹈爲主的綜合性劇場地址：江寧路66號交通：公交21路、41路、112路、23路，梅隴鎭伊勢丹廣場下。電話：62172426

·上海商城劇院簡介：經常演出話劇、歌劇、芭蕾舞劇、交響音樂會等地址：南京西路1376號交通：公交20路、21路、37路到展覽中心下。電話：62798663

·藝海劇院簡介：演出芭蕾、戲曲、話劇、室內樂及綜藝節目地址：江寧路466號交通：公交23路、112路、36路、722路、206路、316路、19路、935路等。電話：62568282

·雲峰劇院簡介：主要以部隊文藝表演爲主地址：北京西路1700號（萬航渡路口）交通：公交21路、23路、40路、45路、94路、113路到萬航渡路站下。電話：62533669

盧灣區

·蘭心大戲院簡介：上海各劇種的劇團、外國文藝團體和有名藝術家都來此演出地址：茂名南路57號交通：公交2路、42路、126路、926路、地鐵一號綫

浦東新區

· 東方藝術中心簡介：主要演出交響樂、芭蕾、音樂劇、歌劇、戲劇等地址：丁香路425號交通：地鐵二號綫科技館站直達，公交638路、640路、788路、794路、815路、983路、984路、987路、東周綫等。電話：68541234

· 浦東新舞臺簡介：是目前浦東新區設施比較先進的大型劇場地址：浦東大道143號交通：隧道六綫、隧道八綫、公交586路、775路、981路、81路、82路、85路、上川綫、地鐵二號綫東昌路站下。電話：58760937

徐匯區

· 上海大舞臺簡介：原名上海體育館，以舉行演唱會和大型歌舞為主地址：漕溪北路1111號交通：公交43路、72路、864路、401路、927路、42路、地鐵一號綫上海體育館下。電話：64384952

· 上海體育場簡介：以舉行大型演唱會為主地址：天鑰橋路666號。電話：64266666-2567交通：公交43路、72路、864路、401路、927路、42路、地鐵一號綫上海體育館下

· 上海話劇藝術中心簡介：擁有藝術劇院、戲

劇沙龍、D6空間三個劇場。是上海最主要的話
劇演出地地址：安福路288號交通：公交15路、
93路、94路、48路、113路、126路、548路均可
到達。電話：64734567

·上海音樂學院賀綠汀音樂廳簡介：具有古典
歐式風格的賀綠汀音樂廳座落于綠樹成蔭的上
海音樂學院內，是一個音響效果達到國際標準
的專業音樂表演場所位址：汾陽路20號。電
話：64311792

·宛平劇院簡介：由各種文藝劇團演出地址：
中山南二路859號交通：公交41路、44路、
310路、大橋六綫等。電話:64392277

黃浦區

·上海大劇院簡介：大劇場以演出芭蕾、交響
樂、歌劇等為主，中劇場以小型文藝演出為主
地址：人民大道300號交通：公交17路、18路、
20路、23路、37路、109路、112路、123路、
46路、地鐵一號綫、二號綫人民廣場站下。電
話：63728701

·上海音樂廳簡介：其自然音響之佳為眾多中
外藝術家所認同。著名小提琴家斯特恩、鋼琴
家拉蘿查、傅聰，以及費城交響樂團等均來此

表演地址：延安東路523號交通：公交46路、
112路、126路、127路、505路，到人民廣場下。
電話：63862836

·逸夫舞臺簡介：原爲天蟾舞臺，是上海主要
的京劇演出場所地址：福州路701號交通：乘坐
到人民廣場的車都可以到。電話：63225294

閘北區

·上海馬戲城簡介：上海主要的馬戲雜技表演
場所地址：共和新路2266號交通：公交95路、
46路、253路、912路、916路、114路、893路、
210路及地鐵一號綫延伸段均可到達。電話：
66527750

長寧區

·上海戲劇學院實驗劇場簡介：戲劇學院學生
的畢業演出都在此舉行。同時，也是上海各種
大型活動和國際性文藝交流演出的主要演出場
所之一地址：華山路670號交通：公交96路、
113路均可到達。

訂票網站：文化票務、票務之星、一票通、時尚票
務、票務通（訂票後，環綫內送票上門）

☾ 上海電影院地圖

徐匯區
　· 衡山電影院
　地址：衡山路838號
　電話：64377418
　參考價：一般30元左右，國定節日有通宵場
　· 柯達電影世界
　地址：肇嘉浜路1111號（美羅城5樓）。
　電話：64268181
　參考價：一般60元、70元
　· 永樂宮
　地址：安福路308號
　電話：64312961
　參考價：一般30元、40元，周二半價、周三公
　益場5元
　· 上海電影院
　地址：復興中路1186號
　電話：64723878
　參考價：晚上30元、下午20元~25左右、上午優
　惠
　· 永華電影城
　地址:虹橋路1號（港匯廣場6樓）
　電話:64076622

參考價：按電影分為50元、60元、70元，周五、周六有通宵場

·日暉電影院

地址：大木橋路461號

電話：64047744

參考價：一般12元~18元左右，周二半價

靜安區

·環藝電影城

地址：南京西路1038號（梅龍鎮廣場10樓）

電話：62182173

參考價：按電影分為60元、70元

長寧區

·天山電影院

地址：天山路888號

電話：62598717

參考價：按電影分為20元、30元、40元

·上海影城

地址：新華路160號

電話：62806088

參考價：分時段，最低20元，最高60元

虹口區

· 國際電影院

地址:海寧路330號

電話:63249872

參考價:30元,有學生票

普陀區

· 新上海影都

地址:宜川路300號

電話:56610430

參考價:價格按電影分,一般40元左右,有兒童專場
10元左右

盧灣區

· 蘭生影劇院

地址:淮海中路8號(蘭生大廈4樓、5樓)

電話:63190000

參考價:白天50元、晚上60元、雙休日60元

· 國泰電影院

地址：淮海中路870號

電話：54042095

參考價：早上20元~25元，下午和晚上50元

・UME新天地影城

地址:興業路123弄新天地南裏6號4樓(新天地內)

電話:63733333

參考價:一般60元、70元,周二19:00前半價,周六、周日早場半價,7月、8月有學生票

浦東新區

・新世紀影城

地址:張楊路501號(第一八佰伴10樓)

電話：58362988

參考價：一般50元~60元，早上半價、周二半價、周五、周六有通宵場

黃浦區

・和平影都

地址:西藏中路290號

電話:63225252

參考價:一般80元左右,周二半價,周五、周六有通宵場

楊浦區

·新四平影城

地址：四平路901號電話：65543245參考價：
價格按電影種類及白天、夜晚分

閔行區

·世紀友誼影城

地址:滬閔路7388號（南方商城5樓）

電話:64120260

參考價:一般40元~50左右,每天12:00以前半價,周
二半價

·弘基影城

地址：聚豐園路57弄3號弘基文化休閑廣場1號
樓商場3樓

電話：66122622

參考價：18:00以前30元、16:00以後40元,優惠
項目有"家庭觀摩卡"

寶山區

·寶山電影院

地址：友誼支路181號

電話：56608836

參考價：按電影種類分為30元、40元、50元

● 上海各區縣教育信息網

1. 閔行 www.mhedu.sh.cn
2. 徐匯 www.xhedu.sh.cn
3. 盧灣 www.lwedu.sh.cn
4. 黃浦 www.hp.edu.sh.cn
5. 靜安 www.ja.edu.sh.cn
6. 長寧 www.chneic.sh.cn
7. 普陀 www.pt.edu.sh.cn
8. 閘北 www.zb.edu.sh.cn
9. 虹口 www.hkedu.sh.cn
10. 楊浦 www.yp.edu.sh.cn
11. 寶山 www.bs.edu.sh.cn
12. 嘉定 www.jd.edu.sh.cn
13. 浦東 www.pudong-edu.sh.cn
14. 鬆江 www.sj.edu.sh.cn
15. 金山 www.js.edu.sh.cn
16. 青浦 www.qp.edu.sh.cn
17. 南匯 www.nh.edu.sh.cn
18. 奉賢 www.fx.edu.sh.cn
19. 崇明 www.cm.edu.sh.cn

◉ 上海國際學校相關資訊

The Bristish International School
(上海英國國際學校)
www.bisschina.com

Shanghai American School
(上海美國學校)
www.saschina.org

Shanghai Community International Schools
www.scischina.org

YewChung Internaional School-Shanghai
(耀中國際學校)
www.ycef.com

Livingston American School
(李文斯頓美國學校)
www.laschina.org

Shanghai Singapore International School
(上海新加坡國際學校)
www.ssis.cn

Shanghai Rego International School
www.srisrego.com

ConcordiaInternational School Shanghai
(上海協合國際學校)
www.ciss.com.cn

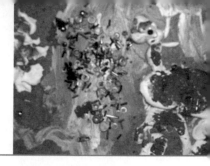

◖ 我在上海找小學的經驗

這篇資料要特別感謝一位臺太新天地的會員"破繭媽咪"，她把她在上海找學校的經驗分享出來，嘉惠了許多媽咪，謝謝破繭！

我住在閔行區金匯一帶，離虹橋機場僅10分鐘車程。目前我女兒念上海世界外國語小學一年級。大約在她念幼稚園中班時，我就開始為她找學校，其間真是費心得很，真恨不能有神明指點我該選那一所才是真正適合她的學校。

我的訊息來源有幾個：
1.老公同事的太太們為她們小孩選擇的學校。（畢竟前人走過的路可以讓我們免去作白老鼠的可能）
2.請女兒幼稚園的老師們和園長推薦當地/各區的重點小學作參考.
3.上海樓市雜誌於2003年4月25日出版的那一期有詳盡的介紹,標題是"買房找個好學區:11區特色小學搜索",在接下來的頁面,我會將其列出,給需要資訊的臺媽們參考.(另外,2004/12/9出版的上海樓市又作了一次報導"買房找個好學校",又列出了一些學校.我會將這兩期列出的所有學校都打出來.)

4.臺胞就醫,就讀指南:這是上海市人民政府臺灣事務辦公室免費提供給臺胞們的,裏面資料很多,可以提供一個初步的所有上海小學名單.

在詳細介紹我所熟知的學校之前,經過我整理後先將本地人所謂的各區重點小學列出如下,但所列收費情況尚需再次求證,畢竟是2003年4月時的標準:(另外,因爲工程浩大,實在無法在極短的時間內將上海樓市所寫的每一所學校的概況都打出來,我先打一,二個學校示範,若臺媽們需要,往後我再繼續分次鍵入.)

黃埔區

・黃浦區第一中心小學: 人民路706號,福建南路路口,電話63202858概況: 1911年創辦,上海市整體改革實驗學校,小學數學教學專業委員會實驗基地,上海市體育傳統項目學校,黃浦區科技特色校。開設了心理輔導室。實施"小班化教育"。以影視,計算機,游泳爲特色。編寫了適合小學生認識特點的影視教育教材作爲校本課程,成立了新星電視臺。

・北京東路小學: 北京東路261號,近河南中

路，電話6321-3756

‧上海市實驗小學：露香園路242號，近方浜中路，電話6373-7073。概況：創立于1911年2月，原名萬竹小學，當時就有"上海小學最優者當推萬竹"的說法，曾是國家教育部唯一的一所重點小學。全國現代教育實驗學校，全國創造教育實踐基地，正在申報第一批上海市素質教育實驗學校。收費情況:教委標準，每學期對口生雜費50元，外省市學生加收170元，外籍學生2100元。

‧萬竹小學：上海市實驗小學辦的民辦小學，與實驗小學同一個校區。開設電腦，游泳，英語等課程，語數等傳統科目統一用新教材。面向全市招生，學費每學期2000元，食宿除外。

‧上海市徽寧路第三小學：徽寧路216號，近陸家浜路，電話6377-1324。

‧上海市南車站路第二小學：上海市南市區南車站路585號，電話6313-7990。

‧報童小學：山西南路35號，電話6322-0459.
‧曹光彪小學:長沙路1號，電話6327-2087.
‧新昌路小學:新昌路331號，電話6359-7262.
‧應昌期圍棋小學:天津路100號，電話5396-7914

盧灣區

· 盧灣區第一中心小學：淡水路416號，近建國東路，電話6328-0645。

· 上海市七色花小學：上海市雁蕩路56弄46號，淮海中路南昌路之間，電話5383-4547。收費情況：每學期1500元。

· 盧灣區第二中心小學：皋蘭路31號，瑞金二路邊，5382-0352。

· 上海市盧灣區巨鹿路第一小學：南昌路366號，陝西南路邊，電話5456-2371。

· 上海師範專科學校附屬小學：局門路478號，近瞿溪路，電話6304-1127。

· 淮海中路小學：淮海中路650弄3號，思南路口，5306-4263。

· 上海麗園路第一小學：麗園路433號(南部)，6377-0068。

徐家匯路77弄2號(北部)，6301-2739。

· 盧灣區瑞二小學：瑞金二路215號，電話6437-2437。

· 瞿溪路小學：瞿溪路1117號，電話6302-3788。

靜安區

· 上海市一師附小：萬航渡路299號，武寧南路,
新閘路口，電話6253-1144。

· 靜安區第一中心小學：新閘路1461號，常德路
西康路之間，電話6247-0701。

· 靜安區第二中心小學：餘姚路441號，武寧南
路膠州路之間，電話6217-3133。

· 上海市靜安區威海路第三小學：茂名北路
40號，威海路口，電話6253-5443。

· 西康路第三小學：西康路196號，北京西路
1117號，6217-3811。

· 上海市靜安小學：長壽路827號，安遠路口，
電話6231-4109。收費情況：每月1500元，每
學期7500元。

· 上外靜安外國語小學：北京西路605弄47號王
家沙花園內，近石門一路，電話6272-5929。
收費情況：按市教委和市物價局有關規定執
行，每學期2500元，住讀加收1200元。

· 鳳陽路小學：與上外靜安外國語小學同一校
區，電話6218-2439。

· 靜安教育學院附校：海防路374號，電話
6322-0459。

徐匯區

· 徐匯區向陽小學：襄陽南路388弄15號，近建國路，6437-7905。

· 徐匯區一中心小學：復興中路1197號，近陝西南路，6437-1834。

· 愛菊藝術小學：安亭路112號，近永嘉路，電話6474-1471。收費情況：每學期3000元。

· 上海世界外國語小學：桂林東街239弄35號，近桂林路，電話6436-3556。收費情況：國內班每學期3200元，境外班每學期美金2500元，港澳臺也算在境外班。(因為是我女兒念的學校,所以較了解,容後單獨詳述。)

· 漕河涇中心小學：習勤路91號，電話6436-6913。

· 淮海中路第二小學：武康路280弄2號，電話6437-1318。

· 逸夫小學：桂林南路150弄22號，電話5420-0759。(好幾個幼稚園的園長和老師都一致都列出來的學校，他們說即使是當地的學生也是擠破頭才進得去的！聽說他們學生考上重點初中的升學率是一流的。希望有熟知此所學校的家長能多多提供訊息供大家參考。)

長寧區

· 江蘇路第五小學：曹家堰路95弄196號，電話6252-1463

· 愚園路第一小學：宣化路222號,安西路口，電話6225-2469

· 法華鎮路第三小學：法華鎮路681弄4號，近定西路，電話6280-2769

· 幸福小學：法華鎮路186號，近番禺路幸福路，電話6281-6811.收費情況:500至1000元

· 新世紀小學：興國路374弄2號，電話6280-6732.收費情況:每學期2000元

· 長寧實驗小學：茅臺路625號，近安龍路，電話6259-0813.收費情況:每學期2000元

· 建青小學部：虹橋路1115弄21號，電話6275-3482.(我有幾個朋友的小孩，而且是姐弟/兄妹檔是念這所學校，很難進去，學費若我沒記錯，應是比照本地收費，但一次性的贊助費10,000至35,000不等，視你議價的本事而定。我朋友則第一個小孩是35,000元，第二個小孩進去時就努力的給它談到17,000元。這所學校從幼稚園到高中部，是非常有名的重點學校(就連幼稚園也是超級重點咧!)，老師的水準及其

教學質量頗高，當地學生程度也是擇優錄取。
我朋友們對這所學校是非常滿意啦！她們還告
訴我，學校在2005學年度還會開設國際班，目
前已規劃得差不多了，細節部分仍需日後再詢
問。如有意向，必須下學期一開學就要着手進
行報名的相關事宜。）

・新虹橋小學：水城路15號，電話6242-9603.
（我也有朋友的小孩念這所，學費和贊助費的狀
況和建青相近，據朋友反應，她覺得小孩的基
礎打得很扎實，不管是英文，數學或語文都學
得還不錯，沒聽到有什麼負面評價。若有，或
許是功課多了點吧，但這也是本地重點學校都
有的特色啊！）

・上海市民辦東展小學：淮陰路581號，電話
6290-4779，網址：www.DZ-school.com.cn.
（這所學校我推薦過很多朋友的小孩去念，反應
都很不錯，校內有10-20%是我們臺灣的學生
，課程的安排，亦即一年級的功課表，我曾經非
常仔細的在該校和他們主任研究請教，感覺很
滿意，英文課也有外教上課哦，甚至于他們的
興趣課程也讓我很動心！校園雖不是很大，但
進去感覺很舒服，重要的是，朋友的孩子們進
去念後都學得很開心，即使是降轉一年也不會
自卑。每班不會超過25人。

閔行區

· 上海市新基礎教育實驗學校：(前身爲金匯小學)紅鬆路174號，電話6402-0854轉陳主任。收費情況：每學期約3000至3500元，不另收贊助費。(因爲周遭有很多朋友的小孩都念這所，所以後續再詳加介紹。)

· 復旦萬科實驗學校：七莘路3333號(萬科城市花園內)，電話6419-7597轉1118陳老師。收費：每學期4000元

· 協和雙語學校：吳中路錦繡江南家園園區南面，電話6465-6090轉1001(國際部)，轉1008(國內部)：(因爲周遭有很多朋友的小孩都念這所，加上我女兒去年4月也去考過國內部，以及面試國際部兩次，情況還算了解。)

· 七寶明強小學：七寶鎮新鎮路1050號，電話6419-8468

· 閔行區實驗小學：莘瀝路203號，電話6492-1203

· 莘莊鎮小學：莘浜路315號，電話6498-2139.

· 萬科假日風景配套小學:畹町路43號，電話5438-5500

· 田園第一小學：都市路42號，電話6458-0769

·平南小學：蓮花路平南二村27號，電話6480-9033

·莘光學校：雅致路18號，電話6412-0799.

·諸翟學校：諸翟鎮紀翟路221號，電話6221-4380

浦東新區

·上海福山外國語小學：福山校區-浦東新區福山路48弄1號，電話5882-7950；瑞華校區-商城路1178弄甲2號，電話5831-0445；陸家嘴花園校區-桃林路1055號，電話6853-9939；證大校區-五蓮路1819號，電話6897-5295

·上海市民辦金童小學(上南九村內)：浦東新區成山路248弄36號，電話5874-3361。收費情況：學雜費，每學期2000元，住宿及住宿服務費，每學期860元，伙食費，每月250元

·新世界實驗小學：浦東新區昌裏路90號，電話5883-8724。收費情況：實行住宿制，每年15000元

·三林鎮中心小學：浦東新區三林路368號，電話5841-0345

・菊園一洋涇實驗小學：浦城路333號，電話5878-1347

・上海浦東新區金英小學：金楊路308弄50號，電話5833-1204

・北蔡鎮中心小學：北蔡大街100號，電話6892-0408

・外高橋保稅區實驗小學：外高橋保稅區季景路40號，電話5862-0445

・白玉蘭小學：臨沂路400號，電話5839-8202

・民辦平和雙語學校：浦東金橋碧雲國際社區內，電話5854-1617

・上海東方階梯雙語學校：耀華路400弄23號，電話5883-7860

虹口區

・紅旗小學：江灣鎮文治路101號，電話6542-2752

・涼城三小：車站北路641號，電話6525-6656

・幸福村小學：四平路幸福村283號，電話6522-1517

・四川北路一小： 四川北路1802號， 電話 5696-1547

・虹口區第三中心小學： 山陰路103號， 電話 5666-2993

楊浦區

・楊浦小學：大連西路16號，電話6554-7449

・打虎山路第一小學：打虎山路

・控江二村小學： 永吉路351號， 電話6543-3763

・復旦大學附屬小學： 政修路130號， 電話 6564-3393

・同濟小學： 彰武路同濟新村758號， 電話 6515-4312

・五角場小學：邯鄲路524弄21號，電話6511-4341

・鞍山小學：本溪路150號

・楊浦區內江路第二小學：內江路455號，電話 6568-9366

普陀區

·朝春中心小學：棠浦路曹楊一村50號，電話 6243-0026

·華東師範大學附屬小學：中山北路3669號，電話6257-8285

·眞如文英小學：北石路110號，電話6260-3556

·中山北路第一小學：中山北路2095弄300號，電話5290-5403

·桃浦中心小學：白麗路751號，電話6677-3394。(這個學校我曾經親自去了解過，眞的是那一帶的重點學校，但臺灣學生很少，收費也比照當地學生，每學期借讀費僅170元，學校老師們非常熱心的替我介紹解說普陀區及南翔鎭和嘉定區的重點學校，因該校靠近南翔，所以當時對我來說較爲偏遠，之後才沒考慮去報名。老師們都說普陀區有三大名校：1.民辦培佳雙語學校；2.新黃浦實驗學校；3.公辦朝春中心小學)

·民辦培佳雙語學校：宜川路351弄70號，電話5661-2838或5606-0147。爲一所12年制學校，學費每學期約3200-3500元，可住宿(每個月700元)

・新黃浦實驗學校：交通西路95號，電話
5608-0866, 招生專綫5652-4208。爲一所九
年制學校，無校車。

閘北區

・閘北區實驗小學：大寧路670號，電話5677-
4443。

・閘北區科技學校：陽曲路350弄1號，電話
5691-6965。

・寶山路小學：寶山路251號，電話5663-
7959。

・彭浦新村第一小學：共和新路4555弄19號，電
話5679-5240或5679-5241。

南翔鎮

・公辦南翔中心小學：電話5912-0330。(這是
桃浦小學老師告知的，我沒有繼續去電查詢)

・民辦懷少學校：電話5912-8292。僅收南翔
鎮學生，是一所公辦轉制學校，無校車，每年學
費4,000元。2004年度僅收90名學生。

嘉定區

· 遠東學校： 勝竹路1630號， 電話6990-0168或5952-6546轉黃老師或陳老師，網址：www.fareastschool.com這是一所我要極力推薦的學校,我去過不下10次以上，甚至已決定讓女兒去念，而且繳了學費，當然之後女兒後補上世外小學後才抽身，不過她們(該校老師們)也給我們盛情的祝福，還全額退費，真讓我感記在心。該校為12年制學校，是嘉定區幾乎所有臺灣人認定是最好的學校(這也是先生朋友介紹給我們的)，裏面臺灣學生至少占20%以上！學費每學期4500元，校車費每月150元，若較遠，會再貴一些，絕對不會再另外收贊助費！校地面積很大，是所有我參訪過的小學裏校地面積最大的！我尤其肯定的是該校的課程設計以及師資陣容，加上陳校長的辦學理念更是讓我心生尊敬之意。上列普陀區的民辦培佳雙語學校當初就是這位陳校長一手打造起來的！

生涯規劃
生活進修

提供在上海生活進修的資訊站

台媽台姐新天地

廚藝教室

＜課程描述＞

Ikitchen廚藝教室是牛頭牌鍋具上海首座為美食饕客及廚藝愛好者創立的烹飪教室，于2005年10月正式在上海徐家匯開幕。

在這裏，學員學到不僅衹是切菜炒菜而己，更能在這間以時尚華人餐飲文化為依歸的餐飲殿堂裏，親身體驗「色香味形觸」面面俱到、處處講究的法式餐飲美學，感受細致優雅、溫馨不喧鬧的居家飲宴氛圍，領會原味煮食,水封烹飪的健康煮食新觀念與廚房演意家居用品專賣店的專業堅持態度，進而踏進「ikitchen幸福滋味」的最美麗境界。

＜上課地點＞

· 徐家匯

每周四早上１０：３０在漕西北路41號（匯嘉大廈）21樓c座，地鐵徐家匯站9號出口
· 浦東
每周二早上１０：３０在浦東南８５５號(世界廣場)２樓D座，地鐵3號出口

＜聯絡方式＞

ikitchen 廚藝教室報名專綫：021-64858148

花藝學習

 <課程描述>

  由曾任國際花藝文教基金會董事，及日本花藝設計協會常務理事陳春珍老師主教，利用新鮮花材教授學生池坊風及歐風花藝設計，為生活多添一份美麗與樂趣。

 <聯絡方式>

千草院花藝中心：021-62696899 陳老師

巧藝拼布教室

 <課程描述>

  由一位來上海多年專門教授拼布及緞帶藝術的黃老師主教，使用精細的日本布料，教導學員縫制由淺入深的拼布制品及緞帶，布置居家或致贈親友皆合適,學習到高階還有證書班喔！

 <聯絡方式>

黃老師：13801757266 / EET：58871560

銀飾教室

 <課程描述 >

1.如何用手工制做設計銀綫飾品，如項鏈、耳環等

2.如何在純銀飾品中配上半寶石，如玉、珍珠、瑪瑙、天然寶石等

　　由經驗豐富的老師教授,這些銀飾作品具有古典優雅與新穎活潑的特點,是當今潮流中女性十分喜愛的飾物，課程由淺入深，幷可在學習階段發揮自我創作的潛能，用自己的作品裝扮美麗的自己，作爲禮品贈與他人均爲一份喜悅。

 <聯絡方式 >

Angelina shelley:
flower_fantasy2003@yahoo.com

譚書虫讀書會

 <課程描述 >

　　一個提供臺商太太及媽咪們的生活讀書會，由臺灣知名作家譚小姐主持導讀，藉由讀書分享讀書心得，爲許多臺籍眷屬增加了生活的樂趣。在上海的臺媽臺姐們能在網上報名參加，每場均有限人數。歡迎到譚書蟲的書蟲網逛逛喔

http://www.bugbug.cn/

藝術蛋糕教室

＜課程描述＞

針對喜愛西點烘焙制作的家庭主婦、上班族及專業人士業餘進修之短期、長期、單堂之不同課程而設計。宜芝多手工DIY教室采用進口原料，專業的師傅和小班授課，現場講解助手操作，使您在蛋糕DIY學習過程中分享成果。無論是針對父母、兒女、朋友、情人，甚至是老板同事，更能表現你的另一份手藝和滿意。宜芝多手工DIY教室歡迎您成爲蛋糕制作的一份子，加入我們吧！

＜聯絡方式＞

總部 021-54860046*103　葛小姐

姓名學教室

＜課程描述＞

多多老師來自臺灣，在人生路途中，曾走過神秘的印度，深邃的西藏，佛學鼎盛的泰國，馬來西亞，探詢自我生命的源頭，在心路的旅途中，領悟深奧的宇宙觀與生命的密切關系，更以佛法的觀點結合姓名學的理論，累積數十年的經驗，幫助無數年輕朋友們擺脫人生的低潮，在矛盾的十字路口做出理性的選擇，幷使他們深刻了解生命的意義，及創造更多的靈性空間，豐富你的人生。

多多老師在臺灣及上海定期開設課程，如姓名學，人際關系，領導統御，家庭親子關系等等…不論是感情的，事業的，還是祈求功名的願望，多多老師都能幫助您夢想早日成眞…

 < 聯絡方式 >

咨詢電話：13818972210 劉小姐

英日語學習

 < 課程描述 >

專門提供在上海生活的臺商們語言學習的培訓機構，英語口語會話、日本語，全部外籍老師授課，小班教學，不論工作需求，生活進修都能使您外語更進一步，生活更加充實

英語會話（1-5）人 / 英語1對1專門教學

商務英語

日本語會話

企業培訓

TOEIC多益考試代理

王家牧場代理

＜聯絡方式＞

EET國際語言中心　www.eetnet.com
上課地點: 浦東、徐家匯、靜安寺、虹橋
聯絡方式: 58875185, 54251995, 62701811

海外游學

 ＜課程描述＞

紐西蘭王家牧場海外游學，專爲8-18歲青少年
設計的英語學習成長營，一個臺灣家族到紐西蘭
經營的牧場，九年多來接待過無數的臺灣游學團
體，現在在上海生活的臺商子弟們不再需要繞一
圈返臺再去紐西蘭，從上海能出發了。王家牧場
英語成長營不只提供英語學習的環境，也讓孩子
在當地寄宿家庭裏體會實地生活，寓教于樂，讓
孩子們回家後都還津津樂道！

 ＜聯絡方式＞

王家牧場上海總代理
EET國際語言中:021-58875185

網站資訊

在這資訊爆炸的時代，專門提供工作及生活在大陸的臺商免費搜尋資訊的交流站。不論政策法規、醫療服務、教育問題、生活資訊、吃喝玩樂等……都可從這些網站中查尋：

奇蜜網
http://bbs.kimy.com.tw/forumList.asp?forumID=86
臺商太太新天地
http://www.taimaclub.com
臺媽臺姐博客(部落格)網
http://www.tmtsblog.com
浦東臺媽新樂園
http://www.pudongmama-tw.com/
臺商小棧 http://www.twgocn.com/1881
職業婦女會 http://www.1881tpws.org/
50臺客同學會 http://www.50tk.com
中國臺商網 http://tbm.cna.com.hk/

< 網站規劃 >

「選擇自行創業是一條不歸路，成敗都在自己手中，」鎂塔數碼科技總經理莊子坊笑着接着表示：「但不能做白日夢，真得要保持在地心態，國際水準，一步一腳印。」

鎂塔數碼www.megadata.cn在上海成立一年多，在臺北已有四年歷史。從事網站設計規劃，同時自主開發經營性網站，頗受好評，已吸引國外風險投資的青睞。

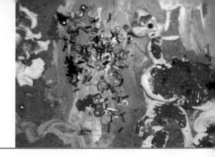

花藝教室

 < 課程描述 >

這裏有荷蘭花藝學苑敎授資格，荷蘭國家資深花藝設計師(ADFA)，及日本華道家敎授資格的老師敎授您與花相關的藝術。幷且除了花藝敎學以外，還提供櫥窗展場布置，代客外送服務等等。

 < 聯絡方式 >

沛緹歐花藝空間設計公司：
上海長寧區瑪瑙路405號
電話:62088477

國家圖書館出版品預行編目資料

臺媽臺姐部落格 ： www.TMTSblog.com /
　　臺媽臺媽部落格作. -- 臺北市：
　　晴易文坊媒體行銷，2006[民95]
　　　面； 公分

ISBN 957-29211-7-7(平裝)

855　　　　　　　　　　95008448

台媽台姐部落格

作　　　者	TMTSblog.com、taimaclub.com
策 畫 編 輯	高家偉　曾惠真
美 術 編 輯	張琬瑾
網 站 維 護	楊翰凱
發　行　所	晴易文坊媒體行銷有限公司
發　行　人	石育鐘
總　編　輯	楊逢元
地　　　址	台北市中山區吉林路286號7樓
電　　　話	(02)2523-3728
傳　　　真	(02)2531-3970
網　　　址	www.sunbook.com.tw
電 子 信 箱	editer@sunbook.com.tw
郵 政 劃 撥	帳號：19587854
戶　　　名	晴易文坊媒體行銷有限公司
總　經　銷	紅螞蟻圖書有限公司
電　　　話	（02）2795-3656
電 子 信 箱	red0511@ms51.hinet.net
製 版 印 刷	中茂分色製版印刷事業股份有限公司
出 版 日 期	2006年5月
定　　　價	新台幣260元